Un ange distrait

Jean-Pierre Richard

Un ange distrait

ROMAN

Albin Michel

La logique est le dernier refuge
des gens sans imagination.

OSCAR WILDE

Si le monde entier s'accorde sur le génie créatif des artistes du Grand Siècle, les Le Nôtre, Mansart, Le Vau, Le Brun, on a tendance à oublier que le Roi-Soleil avait aussi son Bouygues, il s'appelait Vauban.

À l'époque, si l'on excepte le château de Versailles, maison de campagne devenue résidence principale – donc non imposable sur la plus-value –, il n'y avait pas, pour marquer un règne, la possibilité technique d'édifier une pyramide en verre et acier, un centre culturel en tubulures, une grande arche en périphérie ou un Opéra Bastille en catastrophe. Alors on bâtissait des citadelles. Louis XIV en était friand. Il avait, on le sait, deux passions : les courtisanes (au sens noble) et les citadelles (au sens large). Lorsqu'il était las des minauderies de La Vallière, des caprices de la Montespan ou des éclats de la Maintenon, il convoquait Vauban et pointait le doigt sur une carte de France.

– Vauban, faites-nous donc une citadelle.

– Sire, répondait Vauban, nous n'avons là ni frontière ni ennemi !

— Eh, monsieur, vous me la baillez belle ! Faut-il attendre d'avoir péché pour aller à confesse ?

Le chœur des courtisans saluait la boutade du monarque d'une salve d'applaudissements aussi nourrie que dans un *talk show* de *prime time*, et Vauban faisait sa citadelle. Il y en eut trois cents, ce qui laisse entrevoir la fréquence des jérémiades – toutes favorites confondues – que dut endurer ce pauvre Roi-Soleil.

C'est ainsi que la petite ville voisine de la demeure où se déroule notre histoire se trouva dotée d'une forteresse qui avait pour mission de barrer l'accès de Bordeaux aux navires anglais. Là, jamais on ne vit la moindre frégate de Sa Très Gracieuse Majesté croiser dans l'estuaire. Les Anglais ne revinrent que trois siècles plus tard – et par la route – pour envahir à nouveau l'Aquitaine de manière infiniment plus perfide, mais moins sanguinaire, en achetant des résidences secondaires.

Désormais privée de toute mission stratégique, la place forte servait de lieu de dégustation pour les vins de la région et abritait quelques manifestations folkloriques, musicales, théâtrales ou florales.

La vie s'écoulait au rythme calme de la Gironde, dans la cité lovée au pied de sa citadelle alanguie.

Dans les bistrots du mail, autour du pineau dominical, les habitués aux moustaches drues et au verbe rocailleux raillaient ces écolos de salon qui prétendaient repousser les dates d'ouverture de la chasse aux palombes et les technocrates de Bruxelles qui voulaient réglementer la pêche aux civelles !

Depuis la mise en place des quotas européens, le maire

n'avait pas la vie facile. Il ne se passait pas un jour sans qu'il n'ait à subir les doléances des viticulteurs à l'encontre de ces Lituaniens, ces Polonais, ces Danois, buveurs de bière et d'alcool de pomme de terre qui, au nom de la politique agricole commune, osaient fourrer le nez dans leurs traditions ancestrales !

L'horizon s'assombrit encore avec l'arrivée des vins de l'hémisphère Sud. Ces pays, connus jusque-là pour la rugosité de leur rugby, se mirent à exporter des vins tout à fait plaisants à des prix cassés. Sur les étals de la grande surface, on vit fleurir des étiquettes de cabernet-sauvignon australiens, de chardonnay sud-africains et de merlot argentins qui n'avaient pas à subir les ukases de Bruxelles.

La colère populaire grondait et l'échéance électorale approchait. Comme un marin dans la tempête hisse le tourmentin de la dernière chance, le maire eut recours à la solution extrême des édiles en détresse : il commanda un audit.

Le cabinet d'avocats T.H.B & K (Toledano, Hanoune, Ben Soussan et Kernavon) était expert dans les diagnostics municipaux. Gwenaëlle de Kernavon fut dépêchée dans la petite ville.

Grande brune aux larges épaules, le visage vierge de tout maquillage, l'œil clair et le verbe énergique, Gwenaëlle était spécialisée dans les audits d'agglomérations moyennes. Elle se mit de suite au travail. Elle arpenta le cours, marquant un bref arrêt devant les quelques boutiques à la morne devanture. Escortée du maire et de deux adjoints qui avaient de plus en plus de mal à suivre son rythme, elle sillonna au pas de charge la citadelle, bastion par bastion, puis elle revint à la mairie et s'installa dans la salle du conseil municipal pour prendre connaissance des dossiers sortis à son intention. Sous l'œil anxieux des membres du conseil au complet, elle commença l'examen des comptes rendus et bilans sans proférer un mot. Brusquement, son visage s'éclaira.

– Ah, je vois que vous avez une équipe de rugby.

Les autres acquiescèrent avec une grimace. L'adjoint de l'opposition émit un ricanement en lançant un clin d'œil à son vieil ennemi, l'élu écologiste chargé des sports.

– On ne peut pas dire qu'elle soit très performante. Pas dépassée les seizièmes de finale depuis deux ans.

Gwenaëlle haussa les épaules.

– On s'en fout. C'est pour un calendrier.

Les membres de la municipalité échangèrent un regard interloqué.

Le maire se racla la gorge.

– Vous souhaitez qu'ils posent pour un calendrier ?

Elle acquiesça d'un sourire.

Le premier adjoint, professeur d'espagnol au collège, chrétien de gauche, lecteur assidu de *Télérama*, eut une soudaine réminiscence.

– Vous ne suggérez tout de même pas qu'ils se montrent tout nus ?

– Bien sûr que si, répondit Gwenaëlle, enjouée. Un par mois de l'année, pleine page, les muscles huilés, un éclairage soft. J'ai la photographe qu'il faut. Elle a déjà travaillé pour Jean-Paul Gaultier. Ne vous inquiétez pas. Elle vous fera des prix.

Les membres du conseil échangèrent un regard embarrassé.

– Vous n'avez pas peur, murmura le maire en cherchant ses mots, que cela ait une connotation un peu...

La main carrée de Gwenaëlle vint s'abattre sur la table. Dans le silence, on n'entendait que le martèlement de ses doigts aux ongles coupés court sur le sous-main de similicuir, cadeau du conseil général.

– Exprimez-vous, monsieur le maire, demanda-t-elle d'un ton doucereux. Une connotation un peu gay ? C'est ce que vous voulez dire, n'est-ce pas ?

Le maire chercha en vain un soutien auprès de ses adjoints qui baissaient la tête avec un ensemble touchant.

– Méfiez-vous, lança Gwenaëlle en promenant un regard sévère sur l'équipe municipale, une mairie homophobe, c'est assez mal vu, par les temps qui courent.

Pour quitter ce terrain sulfureux, l'adjoint aux sports objecta que les joueurs du Stade français avaient déjà posé nus pour un calendrier.

– Et alors, rétorqua Gwenaëlle, vous savez à combien il a tiré, ce calendrier que l'on trouve dans tous les hypermarchés ? Cent soixante mille exemplaires ! Ça prouve qu'il y a un créneau. Même si on en vend le quart, ça vous donnera un fameux coup de projecteur.

À nouveau, le silence s'installa. Manifestement, les élus n'étaient pas convaincus. En tant que premier magistrat de la bourgade, le maire retourna à l'affrontement.

– Et vous pensez que cela profitera à la ville ?

D'un geste agacé, Gwenaëlle jeta un coup d'œil à sa montre de plongée.

– Écoutez, j'ai du boulot par-dessus la tête. Continuez à organiser des comices agricoles et des dégustations de vins locaux, vous n'avez pas besoin de moi. J'ai un train dans une heure.

Il y eut un vote. Le calendrier fut adopté à une voix de majorité, à la condition que les photos soient prises dans l'enceinte de la citadelle.

Au début, les rugbymen se firent tirer l'oreille mais l'exemple de leurs glorieux collègues du Stade français et la force de persuasion de Gwenaëlle furent déterminants.

Le lancement fut effectué de main de maître.

En professionnelle de la communication et soucieuse de respecter le politiquement correct, Gwenaëlle avait utilisé l'arme imparable de la décentralisation en faisant inscrire sur la couverture : « Il n'y a pas qu'à Paris que l'on déshabille nos athlètes ! »

La prévision de Gwenaëlle se vérifia et *Sparte en citadelle* – ce qui plaçait le calendrier sous la double caution culturelle de la Grèce antique et de ce bon Vauban – fut le cadeau incontournable de tous les gays du Grand Sud-Ouest. Il trôna aussi bien sur les tables de ferme des farouches altermondialistes du Larzac que sur les guéridons Arts déco des antiquaires branchés du Gers.

Dès lors, la citadelle devint un lieu de visite prisé des couples masculins.

Les séances d'entraînement de l'équipe de rugby, qui autrefois se déroulaient devant trois gamins et deux fiancées, rameutaient maintenant un public de fidèles venus admirer sur le vif ces beaux bébés dont ils n'avaient jusque-là contemplé l'harmonieuse musculature que sur papier glacé.

Un jour, un couple homo demanda au maire de cette

commune si libérale s'il accepterait de les unir devant la loi. Nouvelle réunion du conseil municipal. Après une houleuse et interminable délibération, la proposition fut adoptée à deux voix de majorité.

Malgré les injonctions du garde des Sceaux qui menaçait le maire de graves sanctions s'il officialisait une union illégale entre deux individus du même sexe, le mariage eut lieu.

Le jour de la célébration, la citadelle n'avait jamais connu pareille foule. Il y avait là des militants de la Gay Pride aux tenues extravagantes, arrivés en cars spéciaux pour défiler, musique en tête, devant l'hôtel de ville. Ils furent rejoints par une délégation de Verts brandissant des pancartes « Oui aux mariages gays, non aux O.G.M. ». Les six gendarmes de la brigade essayaient tant bien que mal d'éviter l'affrontement avec les opposants de tout poil venus manifester contre cet acte impie : militants du Front national qui cherchaient à casser du pédé et membres des Familles chrétiennes accompagnés de leur prêtre en soutane. Le tout était couvert par une douzaine de journalistes et par les équipes des télévisions locales et nationales.

Descendue de Paris avec sa compagne – la photographe qui avait réalisé le calendrier –, Gwenaëlle contemplait cette effervescence avec un sourire épanoui.

Le mariage fut célébré sur fond de slogans hostiles des commandos frontistes et de cantiques entonnés par les catholiques intégristes que reprenaient en chœur les drag queens aux anges.

La petite ville venait d'entrer dans la grande farandole des médias.

15

Venus de toute la France, et même d'Europe – à l'époque, les mariages gays étaient rejetés par tous les pays de la Communauté –, les couples homos voulaient s'unir dans cette cité promue symbole de la tolérance. Il y eut une liste d'attente et les classiques mariages hétérosexuels étaient expédiés par un adjoint comme une tâche routinière car, il faut bien le dire, les mariages gays se révélèrent une affaire juteuse pour l'économie locale. Les cafés étaient peuplés d'estivants et de curieux venus découvrir ce Lourdes de l'homosexualité rayonnante. Toutes les chambres des deux hôtels et les salles de restaurant étaient réservées un mois à l'avance et les cartes postales-souvenirs s'arrachaient pour être expédiées aux quatre coins de la planète.

L'office du tourisme avait même élaboré un forfait Épousailles. En option de base, les nouveaux conjoints se voyaient gratifiés d'une promenade en calèche dans la citadelle, tour des îles en gabarre et dégustation à l'aveugle des vins locaux.

La formule Bio comprenait en outre l'arrachage d'un plant de maïs génétiquement modifié qui donnait droit à un diplôme daté et signé du maire pour célébrer cette mémorable journée. Enfin, soirée dans le cabaret transformiste installé dans la poudrière de la citadelle – finement baptisé le « Trans Jenny » – avec spectacle interprété par les membres de l'équipe de rugby locale qui rasaient de frais pour l'occasion leurs torses et leurs mollets musculeux. Tous ces rudes piliers et ces farouches demis d'ouverture qui, trois mois auparavant, auraient accueilli d'une bordée de plaisanteries scabreuses le garçon à l'allure un peu efféminée entré par mégarde au Vauban à l'heure de l'apéro, s'étaient fort bien habitués à leurs bas résille et à leur tenue de plumes.

Deux fois l'an, Mlle Coutras, la secrétaire de mairie, commandait par Internet à une boutique gay de San Francisco spécialisée dans les grandes tailles une douzaine de paires de chaussures en strass à très hauts talons de Plexiglas.

Ce brave Vauban aurait fait une drôle de binette s'il avait vu la file d'Anglais égrillards qui, chaque mois, envahissaient sa citadelle pour se presser au Trans Jenny où Pipou Lavergne et Jojo Tariga, faux cils en batterie, mimaient en play-back les romances de Céline Dion et les cantates d'Arielle Dombasle !

Désormais, pour les habitants de la région, ces parades mensuelles faisaient partie des traditions locales, au même titre que les courses de vaches landaises et les foires à la brocante.

Laurent et Isabelle étaient venus deux fois, en voisins, assister au spectacle du Trans Jenny.

1

Cette étrange histoire avait débuté trois ans plus tôt d'une manière tout à fait banale, comme beaucoup d'histoires étranges...

Isabelle avait soudain décrété qu'elle ne supportait plus Paris. C'était advenu le jour où, d'une volte audacieuse, un patineur lui avait arraché son portable en plein boulevard Raspail.

Dès ce moment, elle n'arrêta plus de pester contre cette ville où les gens étaient devenus odieux, l'air irrespirable, les prix prohibitifs et la violence omniprésente. Lorsque Laurent s'étonnait de cette position péremptoire, Isabelle posait devant lui un journal ouvert à la page Société où l'on décrivait l'enfer d'une octogénaire dépouillée de son maigre pécule par d'abjects loubards qui l'avaient torturée des heures durant avant de la saigner comme un lapin. Le lendemain, il avait droit au martyre d'une adolescente victime d'une « tournante » concoctée par six sauvageons à peine pubères qui la violaient à tour de rôle dans la cave d'une cité sensible.

– Elle a treize ans, Laurent. À peine six ans de plus que Chloé !

Sur la table du petit-déjeuner, elle faisait alterner ces descriptions barbares avec d'alléchants reportages qui exaltaient, photos à l'appui, le retour à la campagne, les régions « coup de cœur » où les citadins stressés retrouvaient la sérénité à l'abri des murs tendrement blanchis à la chaux de leurs accueillantes longères. Le soir, sous le tilleul, ils partageaient le pastis artisanal ou le pineau local avec de sympathiques voisins – qui, eux aussi, avaient fui la ville hostile – face à leurs roses trémières assorties à la couleur des volets...

Un jour, lassé de cet insidieux panachage, Laurent avait répondu à Isabelle qu'il n'avait pas encore quarante ans, une belle situation – il était directeur des ressources humaines dans une importante société de pétrochimie située dans la banlieue parisienne – et que, malgré son désir de satisfaire les pulsions bucoliques de son épouse, il n'était pas prêt à donner son congé, même pour connaître l'ivresse de pousser une tondeuse à gazon.

L'œil d'Isabelle avait étincelé.

– Les hommes sont vraiment d'un égoïsme ! Alors tu préfères que Jérémie se fasse rançonner par une bande de zonards pourvoyeurs de drogue et que Chloé soit violée par des petits beurs qui n'hésiteraient pas à la mettre sur le trottoir pour s'acheter des survêtements Nike et des casquettes Lacoste ?

Laurent rétorqua à sa femme qu'il était surpris par la

brutalité, voire l'intolérance de son propos, alors qu'elle affichait des opinions résolument tiers-mondistes – cela faisait trois élections qu'elle votait pour la Ligue communiste révolutionnaire car elle trouvait que les socialistes avaient trahi la gauche utopique pour céder aux sirènes libérales de la social-démocratie.

– Ne sois pas de mauvaise foi, lui avait-elle répliqué. La politique n'a rien à y voir. Il s'agit de nos enfants !

Peu soucieux d'aller à l'affrontement, Laurent avait clos le débat d'un baiser rapide : en tant que D.R.H., il avait rendez-vous avec le D.G. pour plancher sur les R.T.T. avant la table ronde du 15 avec les délégués du personnel (C.G.T.).

Et puis, d'un coup, le destin vint doublement apporter son soutien à Isabelle.

Marthe, la grand-tante de Laurent qui habitait seule la maison de famille depuis la mort de son mari, disparut tragiquement à l'âge de quatre-vingt-treize ans. L'autocar qui emmenait à Saint-Jacques de Compostelle le club du troisième âge dont elle était la doyenne fit un plongeon de deux cent cinquante mètres dans une gorge du Pays basque à l'accès impraticable et au nom imprononçable.

Comme le grand-père Alexandre avait quitté cette terre quelque vingt ans plus tôt, l'héritage revint de droit à Jean-Michel, le père de Laurent.

Or Jean-Michel, dynamique sexagénaire à queue-de-cheval, ne se sentait à l'aise que sur le pavé parisien. De plus, il gardait un souvenir peu flatteur de la demeure familiale

21

où il avait passé de moroses vacances d'enfant. Depuis que son épouse l'avait quitté pour un psychothérapeute lituanien parti ouvrir un cabinet à Brisbane, il faisait une consommation frénétique de coiffeuses et de motos vintage. Il fut enchanté de se débarrasser de ce legs importun qu'il céda à son fils dans le cadre de la transmission de patrimoine. En compensation, Laurent lui remit – hors notaire – une enveloppe qui lui permettait d'acheter la Harley-Davidson 1450 Badboy customisée dont sa dernière Vanessa rêvait depuis qu'elle avait vu *Easy Rider* sur un D.V.D. prêté par une collègue de chez Dessange.

Trois mois plus tard, la société qui employait Laurent fut absorbée par une firme allemande dont le siège se trouvait à Varsovie, au sein de cette Europe aimable où les ouvriers ne s'appelaient pas encore des travailleurs et où les semaines comptaient six jours ouvrables.

Dans le cadre du plan social, Laurent fut convoqué par la nouvelle direction. Une fois encore il prit place derrière la longue table de verre et d'acier brossé. Il se dit que plus jamais il n'aurait à subir la hideuse fresque végétale du Japonais abstrait – fierté d'un ancien D.G. féru d'art contemporain – qui courait tout autour de la salle de réunion. Cette salle de réunion où il avait si souvent affronté les représentants du comité d'entreprise à propos de départs en préretraite, de revalorisation de la grille des salaires, de compressions de personnel et autres conflits classiques patronat-syndicats. Mais, cette fois-ci, il était assis côté employés, face au Doktor Markus Ebner, le nouveau directeur du personnel chargé de négocier les indemnités de licenciement.

Isabelle triomphait. Farouche pétitionnaire antimondialisation, elle n'aurait pu imaginer qu'un jour elle bénirait les délocalisations qui lui permettaient de réaliser son rêve : fuir Paris !

Dès la première semaine des vacances scolaires, tout était fin prêt pour l'exode. Après avoir jeté un dernier regard sur l'appartement vide, témoin de quinze ans de leur vie commune, Laurent et Isabelle grimpèrent dans le 4×4 où étaient déjà sanglés les deux enfants renfrognés.

À bord du S.U.V. (Sport Utility Vehicle) nippon dont ils avaient fait l'emplette – Isabelle avait insisté pour choisir le modèle le moins polluant, celui qui n'émettait pas plus de deux cents grammes de CO_2 au kilomètre –, ils quittèrent la capitale, ses turpitudes et ses pestilences pour la salubre et lénifiante campagne girondine.

En un temps record, Isabelle inscrivit ses enfants au collège de la petite ville, se fit élire déléguée des parents d'élèves F.C.P.E. et adhéra au Miroir de l'estuaire, l'association culturelle de la région.

Laurent, lui, prit contact avec la chambre de commerce locale et ouvrit un cabinet-conseil afin d'initier les viticulteurs aux méthodes de marketing les plus pointues. Gestionnaire de formation, il proposait des études de marché, techniques de vente, opérations de promotion, « relooking » d'image de marque et création de sites Internet.

Durant plus d'un an, Laurent et Isabelle consacrèrent tous leurs loisirs à la transformation de la vieille demeure. Ils découvrirent les poutres masquées par de faux plafonds, remirent à nu les pierres des murs recouvertes d'un lugubre papier peint, arrachèrent les linoléums qui dissimulaient les planchers de chêne.

Comme le décréta Sylviane Lagarosse qui dirigeait l'atelier bois flotté et meubles peints à Miroir de l'estuaire, ils avaient rendu son âme à la maison de famille. Sylviane, petite femme pétulante et volubile, persuada Isabelle de mettre à profit son sens de la rénovation et son amour des belles pierres. Elle la présenta à une amie, directrice de l'agence locale de L'Immobilière girondine qui engagea Isabelle comme négociatrice. Outre son goût pour les demeures anciennes, sa maîtrise de l'anglais en faisait une recrue de choix car, neuf cents ans après le règne d'Aliénor et de son turbulent rejeton Richard Cœur de Lion, les Anglo-Saxons étaient de plus en plus nombreux à venir chasser le cottage en Aquitaine.

Elle était rayonnante, Isabelle, quand elle apportait les confitures faites maison à son petit monde réuni le matin dans la salle commune qui donnait sur les vignes. Appuyée contre l'épaule de son homme, elle suivait d'un œil attendri leurs deux enfants qui trottinaient vers l'arrêt du car scolaire, au bout du chemin de pierres.

Chaque jour, Isabelle et Laurent se félicitaient d'avoir quitté la mégalopole corrompue, ses dealers de drogues dures et ses racketteurs d'enfants sages.

Ils étaient si heureux, dans leur monde composé d'images aussi simples et émouvantes qu'une publicité pour les assurances vie ou un film de Claude Lelouch.

Ils offraient le spectacle attendrissant – ou exaspérant, suivant le profil du lecteur – de la typique famille de

« bobos » venue goûter au bonheur paisible dans la nature redécouverte.

Bref, cette histoire avait toutes les chances de virer au roman régionaliste rythmé par le tic-tac rassurant de la vieille horloge et le joyeux crépitement des flammes dans l'âtre. À l'issue de chaque repas mitonné par son épouse aimante à base d'animaux élevés en plein air et de légumes cueillis du matin, Laurent aurait soigneusement essuyé la lame de son Opinel à la miche de pain avant de fourrer le couteau dans sa poche sous le regard ému du bon chien Pataud.

Vous conviendrez que cette édifiante chronique n'avait rien de bien excitant et l'auteur aurait, sans le moindre remords, éteint son ordinateur afin de retourner à sa sieste interrompue, si l'impensable n'avait soudain fait irruption dans la vie des Castejac !

2

Tout avait commencé chez les enfants par la manifestation de signes avant-coureurs. Pas grand-chose, simplement des réflexions saugrenues qui auraient dû alerter davantage leurs parents. Mais il est si facile de juger les événements a posteriori...

Comme tous les mercredis, Isabelle, accompagnée de Chloé, s'était rendue dans la grande surface voisine pour acheter l'habituel lot de goûters, céréales et friandises promues par la télévision.

À la caisse, tandis qu'Isabelle emplissait les sacs plastique recyclables – avec E. Leclerc, protégeons l'environnement –, Chloé ne quittait pas des yeux l'employée du magasin qui faisait glisser leurs achats devant le détecteur de code-barres. Lorsqu'elles se furent éloignées, l'enfant tira sa mère par la manche.

– Maman, lui chuchota-t-elle, tout excitée, tu as vu la caissière ? Elle a un serpent sur l'épaule et un diamant dans le nez !

En poussant le caddie sur le parking, Isabelle se tourna vers elle, interloquée.

– Enfin, ma chérie, toutes les caissières de supermarché ont un tatouage sur l'épaule et un piercing dans la narine !

Chloé se contenta de hocher la tête, pas convaincue.

– Elles sont obligées ?

Agacée, Isabelle rétorqua sèchement :

– Quand tu décideras d'arrêter de me prendre pour une idiote, tu me préviendras. Ouvre le coffre de la voiture, s'il te plaît.

Deux jours plus tard, alors qu'elle écossait les haricots du jardin, Laurent, à son tour, lui rapporta une réflexion étrange de leur fils.

Il était passé chercher Jérémie au collège et, comme il faisait allusion à ses jambes lourdes après avoir arpenté des kilomètres de vignes au côté d'un maître de chai, le petit garçon lui avait conseillé de prendre de la Jouvence de l'abbé Soury.

– Étonnant, non, conclut Laurent, que ce gosse cite un remède qui remonte à nos grands-parents ?

Isabelle avait eu un sourire.

– Chloé m'a bien demandé hier pourquoi je ne mettais pas de chicorée dans le café. Ils nous font un trip années cinquante. Ils ont dû voir une pub à la télé.

Laurent secoua la tête, tracassé.

– Tu as vu beaucoup de pubs à la télé pour la Jouvence de l'abbé Soury ?

– Alors ils sont tombés sur un site Internet qui célèbre les marques et les coutumes passées.

Elle eut une moue fataliste.

– C'est très mode, le rétro... Aide-moi donc au lieu de te poser des questions absurdes.

27

Elle poussa devant lui un petit tas de haricots. L'air songeur, Laurent commença de briser les tiges vertes.

— Tu crois, lança-t-il avec une grimace, que, pour Noël, ils vont nous demander un phonographe à manivelle avec la collection complète des 78-tours de Tino Rossi et de Rina Ketty ?

À son tour, Isabelle fit mine de réfléchir.

— Et si on leur achetait plutôt un tandem. Ils pourraient s'en servir pour aller en classe !

Ils éclatèrent de rire à la perspective de cette image cocasse.

On n'en parla plus.

Deux jours plus tard, eut lieu l'événement qui devait bouleverser la vie sereine de cette famille.

Contrairement à une convention qui veut que le surnaturel se manifeste au douzième coup de minuit, c'est en plein jour, très précisément à dix-sept heures vingt-cinq, l'heure du goûter, que se révéla l'inconcevable...

À trois reprises, Isabelle avait appelé les enfants pour qu'ils viennent prendre leurs chocolats et leurs tartines de Nutella.

— Laurent, dit-elle, tu ne veux pas voir ce qu'ils fabriquent ? J'ai les mains dans la farine.

Laurent quitta l'écran de son ordinateur et se mit à la recherche de Chloé et Jérémie.

Il fit le tour de la maison. Il ne les trouva pas devant leur console de jeux vidéo, pas davantage devant la télévision du salon.

Il jugea inutile de les chercher dans le jardin où la pluie n'avait cessé de tomber depuis le matin.

Vaguement inquiet, il emprunta l'échelle de meunier qui menait au grenier destiné à devenir une spacieuse bibliothèque-salle de billard. Isabelle et lui n'étaient pas venus dans les combles depuis une quinzaine de jours afin de laisser se dissiper l'odeur âcre du produit antiparasite passé sur la charpente.

En poussant la porte, Laurent fut rassuré lorsqu'il entendit la rumeur d'une conversation. Les voix des enfants portaient loin dans l'espace vide.

Il mit un moment à discerner le frère et la sœur dans la semi-pénombre qui régnait dans la pièce. Il finit par les repérer tout au fond du grenier, dans un coin où étaient rassemblés les bibelots, vêtements et vieux papiers.

À genoux devant une malle ouverte, Jérémie et Chloé étaient tellement absorbés par leur fouille qu'ils ne s'aperçurent pas de sa présence. Ils avaient réparti autour d'eux un pot-pourri des souvenirs accumulés au fil de trois générations.

Laurent s'approcha des deux enfants de dos. Il remarqua alors que Chloé avait le cou entouré d'un renard, portait un chapeau à voilette et des gants de filoselle. Jérémie, lui, serrait une pipe éteinte entre ses dents et était coiffé d'un feutre taupé gris perle soutenu par ses oreilles.

À présent, les enfants feuilletaient passionnément un vieil album de photos qu'ils venaient de puiser au fond de la malle.

Ils commentaient chacun des clichés jaunis de l'entre-deux-guerres avec la même passion que s'ils avaient vécu cette époque...

Une lame de parquet craqua sous le pied de Laurent. D'un même mouvement, le frère et la sœur se tournèrent vers lui.

Ils échangèrent un coup d'œil résigné.

– Nous y voilà, soupira Jérémie.

– Il fallait bien que ça arrive un jour, renchérit Chloé.

Laurent se sentit décontenancé par le double regard de ses enfants fixé sur lui. Curieusement, ils ne donnaient pas le moins du monde l'impression d'être pris en faute.

– Qu'est-ce que vous fabriquez dans ce grenier ? gronda-t-il. Cela fait plus de vingt minutes que votre mère vous appelle pour venir goûter ! Et toi, Jérémie, ôte cette pipe de ta bouche. Ce n'est pas un jouet.

– Oh, je sais, confirma le garçon, elle m'avait coûté les yeux de la tête, à l'époque. Je l'avais achetée chez Dunhill, Duke Street. Ta grand-mère rêvait d'aller à Londres. On venait de se marier. La pauvre, ce qu'elle a pu être malade sur le bateau... C'était en mai 38. Onze ans jour pour jour après la traversée de Lindbergh. Ce sont des repères que l'on n'oublie pas !

Chloé acquiesça, le regard brillant d'émotion :

– Qu'est-ce qu'il était beau, Lindbergh ! On s'était réunis à dix heures du soir autour de la T.S.F. pour écouter son arrivée. On pleurait en entendant la foule qui hurlait son nom.

Jérémie précisa :

– Moi, j'étais au Bourget. Je n'oublierai jamais cette marée humaine qui avait envahi les pistes d'atterrissage.

On était plus de trois cent mille à être venu à pied, en auto, à vélo, pour accueillir ce grand jeune homme timide qui avait traversé l'Atlantique avec un moteur Wright de 220 chevaux et 1934 litres d'essence au décollage.

Il prit son père à témoin.

— Tu te rends compte que Lindbergh avait passé trente-trois heures sans dormir dans son *Spirit of Saint Louis*, avec deux sandwichs et deux tablettes de chocolat. On n'en fait plus, des hommes comme ça !

Laurent avait déjà été confronté à l'imagination débordante de ses enfants. Il les toisa, poings sur les hanches.

— Vous me fatiguez, tous les deux ! Je commence à en avoir par-dessus la tête de vos jeux de rôle débiles. D'abord il y a eu les extraterrestres et leurs fusils à laser, puis les Hobbits et les dragons du *Seigneur des Anneaux*, et maintenant ce sont vos arrière-grands-parents !

Sa pipe au bec, Jérémie échangea un regard amusé avec Chloé, impassible sous sa voilette.

Laurent braqua son index en direction de l'étalage répandu sur le parquet.

— Vous allez me faire le plaisir de remettre en place tout ce que vous avez sorti. Ce ne sont pas des déguisements ! Et qui vous a permis de fouiller dans cette malle qui est là depuis l'époque de votre arrière-grand-père Alexandre ?

Jérémie approuva gravement :

— Je confirme puisque c'est moi, ton grand-père Alexandre, né le 6 mai 1905.

Il désigna sa sœur d'un geste cérémonieux.

— Et elle, c'est ta grand-tante Marthe, née le 20 septembre 1908.

31

Laurent s'efforçait de garder le contrôle de cette situation extravagante.

– Ça suffit maintenant. L'insolence a ses limites. On ne plaisante pas avec la mémoire des morts !

En guise de réponse, Jérémie prit l'album qu'il feuilletait lors de l'arrivée de Laurent. Il le rouvrit et présenta à son père la première page où était collée la photo sépia de deux enfants de neuf et douze ans en vêtements de communiants, devant le traditionnel décor fleuri des photographes de l'époque : c'était effectivement, trait pour trait, Jérémie et sa sœur, quatre-vingt-neuf ans plus tôt. Une date était calligraphiée à la plume Sergent-Major :

4 mai 1917.

Laurent se laissa tomber sur une vieille chaise. Il tenta de se ressaisir.

– C'est une fantastique ressemblance, voilà tout. C'est assez fréquent de ressembler à son arrière-grand-père...

Jérémie poussa un soupir las, comme celui qui s'efforce de se montrer patient face à un interlocuteur borné.

Il vint poser l'album sur les genoux de Laurent et lui parla lentement, comme lorsqu'on s'adresse à un enfant :

– Tiens, là, c'est le jour de mon mariage avec ta grand-mère et, ici, le jour du baptême de Jean-Michel, ton père, devant la maison où nous sommes. Autrefois, c'était une forge. À la mort de mon père, en 1920, je l'avais transformée en atelier pour réparer les premiers tracteurs !

Laurent se prit la tête à deux mains.

– Qu'est-ce que c'est que cette farce macabre ?

Il tenta de se raccrocher à une explication rationnelle :

– Tu n'as rien trouvé de mieux que d'apprendre par cœur

la vie de ton arrière-grand-père Alexandre mort il y a vingt-cinq ans !

Jérémie corrigea, d'un air pincé :

– Vingt-six ans le 23 mars, tu pourrais t'en souvenir !

Chloé poussa un gros soupir.

– Et moi, je t'ai suivi vingt-quatre ans plus tard, dans ce stupide accident de car au Pays basque ! Mes premières vacances depuis la mort de mon pauvre René...

Laurent acquiesça.

– L'enquête a duré plus d'un an, le chauffeur avait des pneus lisses et deux grammes cinq !

Jérémie pointa le doigt sur une photo de l'album qu'il continuait de feuilleter.

– Tiens, justement, regarde sur quoi je tombe, lâcha-t-il à Chloé, la photo de ton mariage avec ce traîne-savates de René. Tu aurais mieux fait de te casser une patte, ce jour-là !

Sa petite sœur intervint, vexée :

– Je t'en prie, Alexandre !

Laurent se prit la tête à deux mains.

– Arrêtez tous les deux, je vous en supplie, arrêtez ! J'ai l'impression que je suis en train de devenir fou.

– Il faut bien admettre que c'est une situation peu banale, concéda Jérémie.

– Expliquez-moi, demanda faiblement Laurent, depuis quand vous êtes habités par...

Il buta sur le mot.

– ... vos vies antérieures ?

Les deux enfants se regardèrent, perplexes.

– Je ne sais pas, répondit Jérémie. Une semaine, quinze jours peut-être...

On entendit monter la voix d'Isabelle :

– Qu'est-ce que vous fabriquez au grenier tous les trois ?

– On arrive, cria Laurent en se levant de sa chaise.

En un tournemain, les enfants se débarrassèrent de leurs accoutrements qu'ils firent disparaître dans la malle, puis Jérémie posa la main sur l'épaule de son père.

– Cool, papa. Ça restera entre nous. Tu es d'accord ?

Laurent se contenta d'opiner.

Jérémie rabattit le couvercle qu'il recouvrit d'une vieille couverture, replaça le paravent qui dissimulait le coin des souvenirs et ils descendirent l'escalier de bois.

Isabelle finissait de peler les pommes.

– Eh bien, vous en avez mis un temps ! Vos goûters sont dans le micro-ondes.

Les enfants prirent leurs tasses et s'installèrent au bout de la longue table de ferme. Au passage, Chloé colla le nez à la vitre du four, derrière laquelle la pâtisserie commençait à dorer.

Sans s'interrompre, Isabelle observait sa fille.

– Ah, sourit-elle, tu as remarqué les petits cailloux posés sur le fond de tarte ? C'est pour empêcher la pâte de gonfler. Figure-toi que j'ai découvert, glissé entre les pages d'un vieux livre de cuisine, une multitude de recettes écrites à la plume, de la main de ton arrière-grand-tante. D'une écriture appliquée et sans une seule faute d'orthographe. Vous devriez en prendre de la graine, les enfants !

Chloé réfréna une expression triomphante. Jérémie plongea le nez dans sa tasse.

Laurent acquiesça d'un sourire.

– Ça, je dois dire que quiconque a goûté les tartes de tante Marthe ne les oublie jamais !

Chloé salua cet hommage d'un discret signe de tête. Elle se tourna à nouveau vers l'écran lumineux du four.

– Au fait, maman, demanda-t-elle sans quitter la tarte des yeux, est-ce que tu as pensé à dorer ta pâte avec une plume trempée dans un jaune d'œuf avant de la mettre au four ?

Piquée, Isabelle lui répliqua :

– Ça suffit ! Je ne suis pas ta bonne. Quand tu auras ta maison, tu feras tes tartes comme tu l'entendras. Ici, tu vis chez tes parents, et pour pas mal de temps. Alors, on se calme, O.K. ?

Tête basse, Laurent et les enfants laissèrent passer la tempête.

– Et vous ne m'avez toujours pas répondu, lança Isabelle en tranchant les quartiers de pommes d'une lame nerveuse. Que faisiez-vous là-haut ?

Laurent tenta de les défendre :

– Tu sais bien que les enfants ont toujours aimé les greniers. Ce sont des lieux pleins de mystère et de magie.

Isabelle haussa les épaules.

– Pour la magie et le mystère, ils ont leurs jeux vidéo !

Elle promena la pointe de son couteau sur l'espace alentour.

– Il me semble que vous avez largement de quoi vous dépenser dans cette maison. Vous êtes des privilégiés par rapport aux enfants de votre âge qui vivent confinés dans un appartement parisien. Tout ce qu'on vous demande, c'est de respecter notre territoire comme on respecte le

vôtre. Donc, je vous le répète pour la dernière fois : inter-
diction d'aller jouer dans le loft !

À l'énoncé de ce terme résolument tendance pour dési-
gner le grenier, Jérémie et Chloé échangèrent un bref coup
d'œil effaré avant de filer dans leur salle de jeux.

Le soir, durant le dîner, l'ambiance fut assez pesante.
Une fois l'orage passé, Isabelle était revenue à son rôle de
mère de famille attentive. Elle resservait les enfants, les
questionnait sur leur journée, les devoirs à faire pour la
semaine.

Laurent était silencieux. Jérémie et Chloé s'étaient
replongés dans leur rôle d'enfants sages. Insensible à la gêne
ambiante, Isabelle commentait avec passion les préparatifs
de la manifestation du surlendemain en réaction à la mort
de la louve Loulette abattue par un chasseur dans le Mer-
cantour.

Jérémie leva le nez de son assiette.

— Tu veux dire que tu vas manifester pour défendre les
loups ?

Sa mère lui jeta un regard étonné.

— Bien sûr. Nous défilerons avec l'A.P.R.E.M.I.N.,
l'Association pour la protection des prédateurs et leur réa-
daptation en milieu naturel. Il y aura des délégués de la
S.P.A. et de W.W.F. On s'est tous portés partie civile contre
cet assassin.

Malgré le signe d'apaisement que lui adressait son père,
Jérémie insista :

— Pourquoi voulez-vous faire un procès à un chasseur
qui a tué un loup ? Ce type en avait peut-être assez de voir
ses moutons se faire bouffer l'un après l'autre.

36

Isabelle faillit s'étrangler dans son verre.

— C'est monstrueux, ce que tu dis ! Tu l'entends, Laurent ? Ce gosse a les mêmes raisonnements que les fachos de Chasse Pêche et Traditions !

— Moi, je suis de son avis, commenta Chloé de sa voix aiguë. Je préfère les moutons aux loups. Ce n'est pas un mouton qui a mangé le Petit Chaperon rouge !

Laurent ne put retenir un sourire devant ce front des enfants qui opposaient leur logique terrienne à l'écologisme militant de leur mère.

Mortifiée, Isabelle nota le visage réjoui de son mari qu'elle perçut comme une trahison. Elle fit appel à sa vieille dialectique trotskiste :

— Donc, si l'on suit votre raisonnement, vous êtes d'accord pour que les trafiquants d'ivoire massacrent les éléphants et les rhinocéros ?

— Il y en a relativement peu dans la région, rétorqua Jérémie, logique.

— Et puis, qu'est-ce que c'est moche les rhinocéros, commenta Chloé.

Devant cette commune désinvolture face au respect de la planète, Isabelle poussa un soupir exaspéré.

— Quand je pense que vous avez quatre heures par semaine de Sciences de la vie et de la terre. Qui est votre nouveau prof de S.V.T. ?

Jérémie ricana :

— Une grosse tanche qui n'a jamais dû voir un arbre ailleurs que dans un bouquin. L'autre jour, elle nous a raconté que chaque 4×4 qui démarre dans n'importe quel endroit du monde fait fondre une banquise, tu vois le topo !

– On l'a aussi dans notre classe, renchérit Chloé. Tout le monde l'appelle Troudozone. Elle porte des lunettes bleues et des boucles d'oreilles en bois.

Ulcérée, Isabelle décida de laisser de côté ce sujet trop épineux et d'ignorer ses enfants qui lui tenaient tête, soutenus par la neutralité bienveillante de leur père. Elle désigna leurs deux assiettes.

– Vous allez me faire le plaisir de finir vos salsifis. J'ai passé deux heures à les gratter et à les laver. Rien n'est plus sain que les salsifis. Ce sont des légumes riches en fibres et en minéraux.

Les deux enfants eurent la même grimace.

– Tu trouves qu'on n'a pas assez bouffé de racines pendant la guerre ? demanda Jérémie.

– C'est vrai, renchérit Chloé, on a passé plus de quatre ans à se nourrir de topinambours et de ruta...

Excédée, Isabelle l'interrompit :

– Je sais. Vous écoutiez Radio-Londres et vous aviez des tickets de pain !

Elle se tourna vers son mari.

– Enfin, Laurent, dis quelque chose. On a l'impression que tu es dans la lune depuis le début de ce repas ! Il s'agit de tes enfants.

Après la troublante entrevue du grenier, Laurent ne se sentait pas le front d'intimer l'ordre à ses enfants de terminer le contenu de leur assiette...

– Ils ont pris deux fois du potage. Moi non plus je n'étais pas fou des salsifis à leur âge. Ils se réservent pour la tarte.

Isabelle promena un regard las sur les trois visages tournés vers elle, puis elle baissa les bras devant la fronde familiale.

— Eh bien, puisque papa a décidé que vous avez fini, débarrassez nos assiettes et apportez la tarte !

Cette décision fut saluée par une exclamation joyeuse des enfants et Isabelle gratifiée d'un double baiser.

La fin de repas fut nettement plus détendue. On ne parla plus écologie. Avant de monter se coucher, Jérémie adressa un discret clin d'œil à son père.

Isabelle était songeuse.

— Ils ont changé, ces gosses... On dirait qu'ils ont pris de l'autorité d'un seul coup, tu ne trouves pas ?

— Je n'ai pas remarqué, répondit Laurent, hypocrite. Ils nous font peut-être une petite crise de puberté...

3

Le lendemain était un mercredi. Isabelle chargea les enfants d'aller distribuer des prospectus de l'agence immobilière dans des propriétés isolées. Ça leur donnerait l'occasion de s'aérer en faisant une promenade à vélo sur la route des écluses où ne passaient que de rares voitures.

En échange de leur mailing, ils auraient droit à dix euros chacun.

Chloé et Jérémie pédalaient de front sur le chemin qui serpentait au milieu des vignes.

– Du *mailing*, soupira Jérémie, non, mais dans quel monde on vit !

Chloé soufflait pour ne pas se laisser distancer par son frère.

– Comme ça, renchérit-elle de sa voix aiguë, notre maman pourra mettre dans son *book* un *listing* des greniers aménageables en *lofts* et des fermes qui peuvent être transformées en *B and B*.

Ils passèrent devant une vieille baraque dont la toiture

était à demi effondrée. Jérémie freina devant la grille et glissa un prospectus dans la boîte aux lettres accrochée de guingois à la grille rouillée.

— Tu es fou, lui lança Chloé, tu vois bien que c'est une ruine désertée depuis des années !

— Pas du tout, clama Jérémie en repartant d'un vigoureux coup de pédales, c'est une « maison plaisir ».

Sur un tempo de rap, il égrena le jargon racoleur de l'immobilier.

— Fermette de caract. Dans son jus. Poutres app. Eau du puits. Four à pain. Vue imp. Toiture à ref...

Chloé entra dans son jeu :

— Vous serez séduit par sa grange idéale pour y installer votre Jacuzzi !

Les deux enfants-grands-parents zigzaguaient sur le chemin. Ils se délectaient à clamer les formules d'appel aux citadins en quête de résidences secondaires.

— Venez apprécier le bien-être d'autrefois en écoutant crépiter votre bon feu de bois, chantait Jérémie en désignant un chai dont tout un pan s'était écroulé.

— Retrouvez une autre qualité de vie dans votre fermette coup de cœur, reprenait Chloé en passant devant une bâtisse à ciel ouvert et aux fenêtres béantes.

Plié en deux par le fou rire, Jérémie s'arrêta au bord de la route. Il se laissa tomber sur le talus, son vélo entre les jambes.

— On n'est pas sérieux, à nos âges ! lâcha-t-il en reprenant sa respiration

Chloé vint freiner à sa hauteur.

— Mais on a dix et douze ans..., rétorqua-t-elle, logique.

Avec des cerveaux de quatre-vingt-dix-huit et cent ans. Le rêve de tout le monde !

Le visage de Jérémie se ferma.

— Ah non, jeta-t-il avec autorité. Je ne remets pas le compteur à zéro. Je suis formel : pas question de tout recommencer.

Appuyée contre le guidon, elle l'observait, amusée.

— Je crains que tu n'aies pas le choix. Fais comme ta petite sœur, accepte les événements comme ils viennent.

Il la rabroua avec humeur :

— Évidemment, toi, tu as toujours tout subi sans réagir. Ce n'est pas dans ma nature.

Chloé ne répondit pas. Jérémie donna un coup de poing rageur sur la selle de son vélo.

— Je me demande combien de temps on va devoir jouer cette comédie grotesque ? J'en ai ras-le-bol de porter des casquettes à l'envers et des pantalons qui traînent par terre...

Chloé enchérit :

— Et moi, tu crois que ça m'amuse de me promener le nombril à l'air, avec des écouteurs de baladeur vissés aux oreilles pour ne pas me faire remarquer ?

Jérémie laissa libre cours à son irritation.

— Je ne peux plus supporter d'entendre les inepties de ces gamins débiles dont le plaisir suprême est de comparer les jeux vidéo de leur téléphone portable et le nombre de pixels que possède leur appareil photo intégré !

— Tu crois que c'est plus rigolo de subir les captivantes confidences de mes camarades de classe qui sont toutes amoureuses des héros de la Star Ac ?

En signe de perplexité, Jérémie fourragea sa tignasse rousse.

– Avant, on ne remarquait pas tout cela... On assumait nos vies d'enfants sans se poser de questions.

Chloé approuva :

– On était comme les autres...

Elle commenta, songeuse :

– Ce n'était peut-être pas plus mal...

Jérémie remonta en selle.

– Allez, repartons avant que je me mette en colère !

Elle lui lança, espiègle :

– Tu as raison, continuons notre *mailing* pour mériter nos dix euros !

Il lui jeta un regard noir.

Ils arrivèrent dans un village et entamèrent leur distribution de prospectus. En lisant un nom sur une boîte, Chloé poussa une exclamation.

– Victorine Tisseyre, elle faisait partie de mon club du troisième âge !

– Elle n'est pas morte dans ton accident de car ? demanda Jérémie, cruel.

– Non. Elle n'a pas pu venir. Elle avait une crise d'arthrite. Ça m'amuserait de la revoir. On faisait une sacrée paire de copines avec la Victorine !

Sans tenir compte de la mine renfrognée de son frère, elle appuya sur la sonnette.

Une vieille femme vint entrouvrir la porte. Elle enveloppa les deux enfants d'un regard hostile.

– Si c'est pour une quête, passez votre chemin.

Tout sourire, Chloé la rassura :

– Non, n'ayez pas peur. On distribue des prospectus pour l'agence de notre maman. Je sais que vous étiez une amie de notre arrière-grand-tante, Mme Nouriega.

Le visage de la vieille femme s'éclaira.

– Ah, vous êtes les arrière-petits-neveux de notre pauvre Marthe. Entrez donc boire un verre de sirop.

Dans la cuisine aux volets clos pour filtrer l'ardente lumière, c'était un curieux assortiment d'ancien et de moderne. Sur le vaisselier, des photos de mariage presque totalement effacées par l'usure du temps voisinaient avec l'incontournable moustachu mort au champ d'honneur et le crucifix surmonté de sa branche de buis desséchée.

Sous la hotte, à l'emplacement du fourneau à charbon, il y avait une cuisinière vitrocéramique et un lave-linge masquait l'antique pierre à laver. Devant l'âtre, trônait une télévision flambant neuve.

Victorine intercepta le regard des enfants.

– Écran plasma, commenta-t-elle. Un cadeau de mes petits-enfants. Ils se sont cotisés pour le cadeau d'anniversaire de mes quatre-vingt-dix ans. Ils sont dix-sept. Ça n'a pas dû leur coûter cher. Et ça leur évite de venir me voir...

Sur l'écran, se déroulait une sirupeuse saga. Au bord d'une piscine, une blonde en larmes parvenait à s'arracher des pattes d'un quinqua au poitrail velu et démarrait en trombe – et en maillot de bain – au volant de sa Porsche...

Chloé et Jérémie échangèrent un coup d'œil intrigué.

– Pourquoi l'image n'est-elle pas en couleurs ? demanda Chloé en regardant filer la voiture de la naïve jeune fille le long d'Ocean Drive.

– C'est moi qui l'ai réglée comme ça, répondit la vieille

44

en passant un coup de chiffon sur l'écran. Pour moi, un film, ça doit être en noir et blanc. Et puis mes souvenirs, ils ne sont pas en couleurs...

Elle les fit asseoir autour de la table de Formica.

– De toute manière, conclut-elle en posant des verres devant eux, à la télé, ils sont tous habillés en noir ! Vous ne m'en voudrez pas, il n'y a pas de Coca-Cola chez moi !

Elle leur servit du jus de pomme et se versa une rasade de pineau sous l'œil envieux de Jérémie. Elle examina les deux enfants de son œil fureteur.

– Alors comme ça, vos parents sont revenus s'installer dans la maison de famille après la mort de cette pauvre Marthe.

Le frère et la sœur acquiescèrent d'un même mouvement de tête.

– Ça se fait beaucoup maintenant, les gens des villes qui viennent à la campagne, commenta Victorine d'un ton narquois. Ils en parlent souvent à la télé.

Elle but une petite gorgée de pineau avec une moue de chatte gourmande.

– Elle a une agence de quoi, votre maman ?

Chloé lui tendit un prospectus. Victorine chaussa ses lunettes et lut à voix haute :

– « *Recherchons maisons anciennes pour clients haut de gamme intéressés par l'authenticité des demeures rustiques. Estimation gratuite de votre bien. Notre équipe saura vous conseiller pour valoriser au mieux votre patrimoine.* »

Elle leva les yeux.

– Moi, quand j'avais votre âge, on n'avait pas l'eau courante, pas l'électricité, pas le téléphone, pas la radio et le sol était en terre battue. Je n'avais jamais vu une auto ni un avion. Alors, quand je lis des âneries du style : Recherchons l'authenticité des demeures rustiques, ça me fait doucement sourire. Nous, on en avait honte, de ce rustique tellement apprécié par les Parisiens. Il a fallu qu'on attende 1950 pour voir arriver le confort.

Elle caressa le plateau de la table.

– Je revois encore le brocanteur qui est venu me proposer de troquer ma vieille table de ferme toute grasse de soupe et pleine de traces de couteau à l'endroit où l'on coupait le pain depuis quatre générations, contre celle-ci qui était toute neuve. J'ai cru qu'il était tombé sur la tête. Il faut dire que, pour nous, le Formica c'était le symbole du progrès. Un coup de chiffon et hop, c'est toujours propre !

Une explosion venue du téléviseur les fit sursauter. Ils tournèrent tous la tête vers l'écran. La blondasse au brushing toujours impeccable était tirée de sa voiture en flammes par un bellâtre à fossettes qui la portait entre ses bras musclés jusqu'aux toilettes d'une station-service.

La vieille célébra ce sauvetage d'un coup de pineau qu'elle savoura avec une grimace de bonheur.

– Nous, c'est en 52 qu'on a eu nos premières toilettes, dit-elle, un œil fixé sur l'écran. On n'avait plus à traverser le jardin pour aller faire nos besoins dans la cabane en planches !

Oubliant son enveloppe d'enfant, Chloé prit le relais :

– À la maison, c'était en 55.

Jérémie renchérit avec passion :

– Il y en avait vraiment ras-le-bol de ces baraques où il faisait un froid de gueux et où l'on devait se serrer autour de nos cheminées aux feux de bois romantiques, comme ils disent dans les agences !

Il ricana :

– Avec leur grotesque manie de revenir aux origines, ils vont finir par vendre des cavernes clés en main. Le forfait Cro-Magnon !

Victorine hocha la tête. Elle était heureuse d'avoir un auditoire. Le pineau aidant, elle s'adressait aux enfants comme à des contemporains :

– Bah, on était habitués à vivre à la dure. Mais on a quand même fait une sacrée fête lorsqu'on a reçu notre première chaudière à charbon !

– Et le premier chauffe-eau, demanda Chloé, vous vous en souvenez ?

– Et comment ! s'exclama Victorine. C'était magique d'avoir de l'eau chaude qui coulait du robinet ! Quand je pense à toutes ces années où l'on devait faire chauffer l'eau dans une lessiveuse pour se laver dans l'évier de la cuisine.

Jérémie ratifia, ému :

– Et on avait droit à un bain le dimanche. Toute la famille à tour de rôle dans la bassine !

Brusquement, Victorine se rendit compte que ses interlocuteurs avaient quatre-vingts ans de moins qu'elle. Elle se pencha vers eux, sourcils froncés.

– Comment se fait-il que vous sachiez tout ça à votre âge !

Jérémie et Chloé échangèrent un regard penaud. C'est la petite fille qui réagit la première :

– Notre arrière-grand-tante Marthe nous avait tant parlé de sa jeunesse !

Le sourire réapparut sur le visage de Victorine.

– Ah, cette sacrée Marthe ! Nous en avons des souvenirs en commun. Et puis on était veuves toutes les deux. Ça rapproche....

Elle se leva et revint avec un album qu'elle posa sur la table sous l'œil intrigué de Chloé. Elle commença de le feuilleter, commentant chaque photo avec un sourire ému.

– C'est le dîner de réveillon à notre club du troisième âge. C'est elle qui est en père Noël. Tiens, regardez-la, elle soulève sa robe pour montrer ses bas-résille !

Jérémie lança un coup d'œil rigolard à Chloé qui pinçait les lèvres. Le regard humide, Victorine replongeait dans ses années espiègles.

– Là, c'était la soirée costumée. Ici, c'est moi en sorcière et là, c'est elle qui danse sur la table avec la perruque verte ! À près de quatre-vingts ans ! Vous pouvez dire que votre arrière-grand-tante, c'était un sacré numéro... Il faut reconnaître qu'elle n'avait pas rigolé tous les jours avec son René qui lui menait la vie dure.

La vieille femme poussa un soupir.

– Et quand je pense qu'en plus il la trompait !

Livide, Chloé fit un bond sur sa chaise.

– Il la trompait ?

Surprise par la violence de cette réaction, Victorine referma l'album.

– Je parle toujours trop, moi. Ce ne sont pas des choses à dire devant des enfants.

– Oh, vous savez, dit Jérémie avec un sourire perfide, les enfants, maintenant, avec la télé...

— Ça, c'est bien vrai, reconnut Victorine. Vous êtes autrement dégourdis que nous à votre âge.

Le regard sombre, Chloé revint à la charge.

— Vous êtes sûre qu'il la trompait ?

La vieille eut une moue malicieuse.

— Oh pour ça, oui, puisque c'était avec moi...

Jérémie se mordit les lèvres pour contenir un fou rire naissant. Les yeux de Chloé lançaient des éclairs.

Partie dans ses souvenirs, la vieille femme ne remarquait pas que l'ambiance s'était soudain alourdie.

— Il venait me voir tous les mercredis, murmura-t-elle.

— Le jour de sa réunion d'anciens combattants ? demanda sèchement Chloé.

— Ah, tu sais ça aussi ? Il y a bien longtemps qu'il n'y allait plus, aux anciens combattants...

Une nappe de violons vint envelopper le trio.

Sur l'écran en noir et blanc, à la lumière de bougies dont les flammes faisaient des étoiles, la blonde au brushing et l'homme à fossettes, les yeux au fond des yeux, portaient à leurs lèvres une coupe de champagne.

Émue, Victorine liquida le contenu de son verre.

— Il ne crachait pas sur mon pineau, le René. Il voulait toujours que je lui prépare un salmis de palombes.

Elle soupira.

— Ce qu'il pouvait aimer le salmis de palombes !

Chloé demanda, sévère :

— Et vous n'avez jamais éprouvé le besoin de tout avouer à votre amie Marthe ?

Victorine eut un geste vague.

— J'y ai pensé et puis je me suis dit que ça ne servait à

49

rien de faire remonter les vieux souvenirs. Les gens font ce qu'ils veulent de leur vie. Regardez notre maire, il marie bien des hommes entre eux !

Sur les profils figés des deux amants enfin réunis défila à l'accéléré le générique des *Flammes de la passion.*

Victorine vérifia l'heure à sa pendule murale finition merisier gagnée au loto des anciens.

– Déjà ! Je n'ai pas vu le temps passer !

Elle se leva.

– Les enfants, je ne vous chasse pas, mais il faudrait que vous pensiez à rentrer si vous ne voulez pas vous faire disputer. Et revenez me voir quand vous voulez. Ce n'est pas si souvent que j'ai de la visite.

Sur le chemin du retour, Chloé laissa libre cours à sa rage.

– Non, mais tu as entendu cette vieille taupe avec son salmis de palombes ! Qu'est-ce que cet imbécile de René pouvait lui trouver, à cette pétasse avec sa tête de musaraigne !

Jérémie avait du mal à ne pas se laisser doubler par sa petite sœur qui pédalait de toutes ses forces.

Il tenta de la calmer :

– Elle n'a peut-être pas toujours eu cette tête-là...

– Si ! cria Chloé, péremptoire. Elle était encore plus moche quand elle était jeune ! Cette garce qui n'arrêtait pas de me faire de grandes déclarations d'amitié au club du troisième âge...

Elle lâcha le guidon pour hurler sa colère aux vignes qui bordaient le chemin :

– Victorine Tisseyre est une vieille salope !

Quand ils arrivèrent à la maison, la nuit était tombée. Laurent tentait d'apaiser Isabelle qui commençait à passer en revue le cortège des maux dont peuvent être victimes deux enfants seuls sur une route de campagne...

Visage fermé, Chloé fila dans sa chambre dont on entendit la porte claquer.

Jérémie rassura ses parents avec son regard angélique d'enfant sage.

– Elle est fatiguée. Il faut dire qu'on a fait un sacré circuit, et puis on s'est arrêtés chez une amie de notre arrière-grand-tante. Et, vous savez, à cet âge-là, quand ils partent dans leurs souvenirs...

Laurent eut un sourire attendri.

– Ah, ça, la tante Marthe ne comptait que des amis. Tout le monde l'adorait dans la région.

4

Au volant de son 4×4, Laurent était préoccupé.

La veille au soir, Isabelle lui avait reparlé de la représentante en encyclopédies. Jusque-là, il n'avait prêté à ses propos qu'une oreille distraite. À la campagne, les démarcheurs sont légion : des Compagnons de Jéhovah aux soldeurs de tapis d'Orient en passant par les spécialistes en traitement antitermites et les vendeurs de calendriers au profit des chiens d'aveugles, cela finit par faire partie du quotidien.

– C'est la troisième fois qu'elle vient nous relancer... Cela tourne au harcèlement !

Tout en rangeant les couverts et les assiettes dans la machine à laver la vaisselle, Isabelle laissait libre cours à son irritation :

– Ils ont un culot, ces représentants ! Elle a même laissé un exemplaire des *Mémoires du XXᵉ siècle* pour que je le montre aux enfants. Comme si les gosses s'intéressaient au passé... Elle n'a jamais dû approcher un enfant de sa vie, cette pauvre fille !

Par curiosité, Laurent avait ouvert l'album posé sur l'étagère à côté du catalogue de La Redoute. C'était le volume qui traitait de la période 1900-1910. Il le feuilleta machinalement et s'apprêtait à le reposer lorsqu'il remarqua un signet glissé dans les premières pages de l'année 1905. Sous la date du 6 mai courait un fin trait de crayon. Un autre marque-page signalait l'année 1908. Le 20 septembre était également souligné.

Le visage de Laurent se figea : le 6 mai 1905 et le 20 septembre 1908, les jours de naissance du grand-père Alexandre et de la grand-tante Marthe...

Depuis que l'inexplicable avait fait irruption dans sa vie, les signes se multipliaient, comme si, autour de lui, se tissait une toile qui l'isolait chaque jour un peu plus du monde rationnel.

À l'entrée de la petite ville, un gendarme arrêtait les voitures. La circulation était interdite sur le cours où l'on attendait la parade qui précédait chaque célébration de mariage gay.

Le gendarme Campanella, qui avait reconnu Laurent, lui lança, la moustache rigolarde :

– Alors, monsieur Castejac, vous êtes venu au spectacle ?

Laurent descendit de voiture et alla se mêler aux badauds.

Après le déchaînement provoqué par le premier mariage gay, les passions étaient retombées.

L'événement était devenu routine.

Même l'opposition s'était lassée. On avait le sentiment que les quelques arsouilles au crâne rasé, la douzaine de septuagénaires à béret rouge et la poignée de catholiques intégristes accompagnés de leur curé en soutane étaient là davantage pour assurer une permanence que pour perturber une cérémonie qui avait désormais acquis droit de cité.

La couverture médiatique était, elle aussi, nettement plus modeste. Seuls un caméraman de la chaîne locale et un photographe de *Sud-Ouest* déambulaient au milieu du cours désert et glanaient sans conviction quelques images des spectateurs parqués derrière les barrières.

Le break de la gendarmerie, gyrophare en batterie, ouvrait le cortège.

En tête, défilaient des écolos et altermondialistes, toutes tendances confondues, sous des pancartes qui accablaient d'un même opprobre les centrales nucléaires, les O.G.M. et les chasseurs de tourterelles.

Laurent eut un sourire attendri lorsque, sous un calicot portant en lettres rouge sang « Non au massacre des loups », il aperçut Isabelle qui marchait l'œil brillant, le visage grave, seule femme parmi un groupe de militants barbus.

Dans un martèlement de tambours ponctué de coups de sifflet, suivit la parade des homos. Des couples de filles et de garçons amoureusement enlacés avançaient en rythme. Arrivés devant le groupe des opposants vociférants, ils marquèrent un arrêt provocateur, esquissèrent quelques figures de samba et repartirent en dansant.

Sur une plate-forme de camion, était installée une *bateria* dans la plus pure tradition des écoles de samba d'Ipanema ou de Beija Flor. Les travestis fardés aux perruques vertes et roses échangeaient des baisers langoureux sous les invectives et les insultes des frontistes et des intégristes.

Perchée sur le toit du char improvisé, une fille en longue

robe blanche et aux ailes de carton doré jetait des roses aux spectateurs.

Le cortège prit la direction du port et le gendarme repoussa la barrière qui interdisait la circulation.

Les anciens combattants roulèrent leur drapeau, les loubards s'engouffrèrent au bistrot et les intégristes regagnèrent leur bus paroissial.

Après ce bref accès de fièvre, le cours retrouvait sa vocation d'artère respectable...

Vers la fin de la matinée, Laurent s'accorda un instant de répit. Il avait passé deux heures à démontrer à un viticulteur circonspect l'avantage des étiquettes ovales qui attiraient l'attention des clients des grandes surfaces et valorisaient le produit par rapport aux concurrents. Par moments, il désespérait d'initier aux bienfaits du marketing les propriétaires locaux ancrés dans leur conservatisme têtu.

Il entendit frapper à la porte de l'échoppe où il avait installé son bureau.

Une fille fit irruption. Elle avait un visage fin encadré de longs cheveux blonds et traînait une valise à roulettes.

Elle jeta un coup d'œil inquiet dans la pièce, comme pour s'assurer que Laurent était seul.

– Bonjour. Que puis-je pour vous ? demanda-t-il, assez intrigué par ce personnage qui se démarquait nettement de ses visiteurs habituels.

Elle le fixait sans répondre.

Embarrassé par le regard de cette inconnue braqué sur lui, il désigna la chaise face à son bureau.

– Je vous en prie.

Elle s'assit sans le quitter des yeux.

De plus en plus troublé, Laurent lui demanda :

– Vous ne m'avez toujours pas dit quel était le but de votre visite ?

– Je suis passée plusieurs fois chez vous, répondit-elle d'une voix hésitante. J'ai été reçue par votre femme qui ne m'a pas écoutée. C'est pourquoi je suis venue à votre bureau. Il fallait que je vous voie. C'est très important.

À nouveau, Laurent sentit monter une sensation de malaise.

Elle se pencha vers sa valise, y puisa un album qu'elle posa sur le bureau.

– J'en ai laissé un exemplaire chez vous pour vos... Elle hésita... Pour vos enfants.

C'était un tome des *Mémoires du XXe siècle.*

Laurent respira. Ce qu'il avait mis sur le compte d'une nouvelle manifestation du surnaturel n'était, en fait, que la relance d'une V.R.P. trop zélée.

Appuyé sur ses coudes, il se pencha vers elle à travers le bureau.

– Moi aussi, mademoiselle, lui lança-t-il, sévère, je suis content de vous rencontrer. Je ne veux pas savoir par quelles magouilles vous avez eu accès au fichier d'état civil de mes grands-parents, mais laissez-moi vous dire que je trouve le procédé révoltant !

Le regard toujours fixe, le torse droit, les deux mains posées sur ses cuisses, elle ne disait rien.

– Utiliser les disparus d'une famille pour appâter des

gosses, vous ne trouvez pas que c'est pousser un peu loin le cynisme commercial ?

Elle était toujours immobile. Seul signe de son émotion, son menton tremblait légèrement. Laurent radoucit le ton.

– Vous n'avez rien à répondre ?

Elle baissa la tête. Ses cheveux masquèrent son visage.

Il fit le tour de la table et lui releva le menton. Elle était en larmes.

– Je ne fais que des bêtises, balbutia-t-elle.

Il lui tendit un Kleenex. Elle se moucha docilement, s'essuya le visage du revers de la main.

– Ça va mieux ?

Elle fit oui de la tête, puis, rassurée par le sourire de Laurent, elle lui demanda :

– Est-ce que vos enfants ont eu l'occasion de parcourir le livre que j'ai laissé ?

– Ah non, vous n'allez pas recommencer ! s'exclama Laurent.

Puis son visage s'éclaira.

– Ah, je viens de comprendre : c'est en feuilletant cette encyclopédie qu'ils ont eu l'idée extravagante d'inventer un nouveau jeu en s'identifiant à leurs arrière-grands-parents.

La jeune femme secoua la tête.

– Non, ce n'est pas un jeu. C'est une erreur. Ce que vous appelleriez une bavure.

Elle marqua une hésitation, puis précisa :

– Une bavure chronologique...

Laurent fronça les sourcils.

– Qu'est-ce que c'est que cette aberration ! Une bavure provoquée par qui ?

Elle baissa la tête, piteuse.

– Tout est de ma faute. C'est la raison pour laquelle je cherche à prendre contact avec vos enfants pour tenter de réparer ma bêtise.

Devant cette fille anxieuse empêtrée dans son improbable révélation, Laurent sentait remonter le trouble qu'il avait ressenti plusieurs fois depuis l'épisode du grenier.

– C'était il y a environ un mois, dit-elle de sa voix enfantine, au cours d'une manipulation génétique de routine, j'ai malencontreusement mélangé la mémoire de vos grands-parents Alexandre et Marthe et celle de vos enfants Jérémie et Chloé, nés eux aussi avec trois ans d'écart, mais quatre-vingt-huit ans plus tard... Je crois que vous appelez ça une réincarnation. Pour les hindous, c'est de la métempsycose. Chez nous, c'est une faute professionnelle !

Complètement dépassé par cette escalade dans le fantastique, Laurent lui demanda faiblement :

– Mais qui êtes-vous ?

Elle eut un sourire timide.

– On peut me définir comme un ange. Attention, un ange stagiaire !

En entendant le mot « ange », Laurent eut une soudaine réminiscence : la longue fille blonde aux ailes de carton qui lançait des roses aux badauds.

– Ce matin, à la parade, c'était vous ?

Piteuse, elle fit oui de la tête. Il la questionna sèchement :

– Et c'est là que vous avez décidé de venir me jouer cette comédie ?

Elle le regardait sans comprendre. À nouveau son menton se mit à trembler.

– Non, ce n'est pas une comédie. Ce matin j'ai croisé dans la ville un groupe de garçons maquillés qui m'ont demandé si j'étais venue pour la parade. Je leur ai dit que j'étais juste un ange qui passait par hasard. Ça les a fait rire, ils m'ont accroché des ailes dorées et je me suis retrouvée sur un camion en train de jeter des fleurs aux gens. Il faut me croire.

Un silence s'installa. Elle avait l'air de dire vrai.

Laurent détailla la jeune femme. Il devait bien admettre que sa physionomie enfantine, ses yeux clairs et ses longs cheveux blonds présentaient toutes les caractéristiques d'un visage angélique. Seule sa robe blanche relevée jusqu'à mi-cuisses révélait un aspect nettement moins désincarné. D'autant, nota Laurent, qu'elle avait de fort jolies jambes.

– Il y a donc des anges femmes ? demanda-t-il d'un ton où perçaient encore des relents de défiance.

Elle poussa un soupir.

– Ça commence. Ils y viennent doucement, comme partout... Mais on n'est encore qu'une toute petite minorité, là-haut. C'est pour ça qu'une erreur comme celle qui concerne votre famille est beaucoup plus sévèrement sanctionnée quand elle est provoquée par un ange femme que par un ange homme !

Laurent lui glissa un coup d'œil inquiet.

– Vous voulez dire qu'il y a souvent des incidents de ce genre ?

– Bien sûr. Et autrement sérieux que votre cas, excusez-moi... Vos livres d'histoire en sont pleins. Quand je parcours cette encyclopédie, je frémis en me disant que c'est cela qu'apprennent vos enfants !

L'ange plongea dans sa valise, en tira un volume intitulé *Histoire de l'humanité*. Elle le feuilleta. Il n'y avait maintenant plus trace de timidité sur son visage, elle parlait avec passion.

Triomphante, elle pointait le doigt sur les rubriques qui illustraient ses propos.

— Tenez, par exemple, au tout début de votre ère : l'ange chargé de l'évolution a oublié de faire disparaître certaines espèces paléolithiques comme le varan ou le rhinocéros... Là-haut, on pensait que, logiquement, leur race allait s'éteindre d'elle-même, mais c'était compter sans l'acharnement et le zèle de vos écologistes de la W.W.F. qui protègent comme des nourrissons ces vieux monstres absurdes. Et les pistes d'atterrissage construites à l'âge de pierre pour permettre aux premiers colons de peupler votre planète ? Oubliées dans l'île de Pâques et au Pérou par un ange distrait !...

Laurent se passa la main sur le visage. La jeune femme le regardait avec un sourire candide.

— Il y a eu également des erreurs de calendrier, des hommes programmés trop tôt comme Léonard de Vinci qui a conçu l'hélicoptère et le char d'assaut quatre cents ans avant qu'existe le moindre moteur. J'aime autant vous dire que le responsable de ce dérapage a été muté vite fait aux archives... Et Keely qui, au XIXᵉ siècle, a inventé le moteur à eau que vous n'utiliserez que dans cinquante ans ! Encore une faute de planification. Et je pourrais vous citer des centaines de dérives du même style. Prenez l'exemple de l'ange qui a interverti les fiches d'Abraham Lincoln et de Joseph Kennedy. Résultat : ils ont été élus à la présidence à cent ans d'intervalle, puis assassinés par deux hommes nés eux aussi avec tout juste un siècle d'écart, et les vice-présidents qui leur ont succédé étaient nés en 1808 et 1908 et s'appelaient tous les deux Johnson ! Ces anachronismes et ces coïncidences ne sont pas le fruit du hasard mais bel et bien de la négligence d'anges étourdis ! Et je ne parle pas des bourdes mineures comme des guérisons illogiques, des apparitions soudaines que vous mettez sur le compte d'une manifestation divine. Vous êtes tellement assoiffés d'irrationnel, sur votre planète, que toute occasion est bonne pour bâtir une grotte miraculeuse ou créer une secte...

À ce moment, comme pour illustrer ses propos, la cloche de l'église Saint-Thomas sonna les douze coups de midi.

– Et les guerres, demanda faiblement Laurent, ce sont aussi des bavures ?

Elle eut une grimace.

– Pas tout à fait. C'est quand les patrons se disputent là-haut.

– Les patrons ?

– Les responsables. Ceux que vous appelez Dieu sur votre planète.

– Ils sont plusieurs ?

Elle rit.

– Heureusement !

Laurent se racla la gorge.

– Vous voulez dire que Dieu n'existe pas ?

L'ange jeta un regard affolé alentour.

– Oh, attention ! Ne me faites pas dire ce que je n'ai pas dit. J'ai déjà assez d'ennuis comme ça !

Assommé par ce qu'il venait d'entendre, Laurent garda le silence avant de demander :

— Et comment comptez-vous remettre de l'ordre dans cette confusion ?

— Je dois absolument voir vos... Elle trébucha sur le mot. Vos enfants. Il faut que j'efface leur mémoire ancienne.

— Vous voulez dire, demanda Laurent angoissé, que vous voulez supprimer tous les souvenirs de l'époque de leurs arrière-grands-parents ?

— Bien sûr. Il n'y a pas d'autre moyen de remettre les choses en ordre.

Elle désigna à Laurent l'ordinateur portable posé sur le bureau.

— Lorsque vous achetez un de vos ordinateurs, la mémoire est vide ?

Laurent acquiesça. L'ange eut un geste évident.

— C'est exactement la même chose pour un nouvel être humain. Un enfant naît avec une mémoire vierge. C'est lui qui la meuble au cours de sa vie avec ses expériences, qui crée ses propres souvenirs.

Elle eut un rire espiègle.

— Vous imaginez : si tous les bébés venaient au monde avec la mémoire accumulée durant vingt siècles par des centaines de générations d'ancêtres ? On ne saurait plus où donner de la tête, là-haut. Je n'ose même pas penser à toutes les catastrophes que cela pourrait engendrer !

Elle rangea les volumes de l'encyclopédie dans sa valise à roulettes.

— Il vaut mieux que vous ne révéliez pas ma présence à vos enfants. On ne sait pas quel effet cela pourrait avoir.

D'ailleurs, le mieux est que personne ne soit au courant de notre entretien.

Elle referma sa valise, poussa un soupir.

– Je vous avoue que c'est la première fois que je me trouve confrontée à ce genre de problème... Vous en avez parlé à votre épouse ?

Laurent fit un signe de dénégation. Elle sembla soulagée.

– C'est mieux. Je pense qu'elle ne comprendrait pas. Elle m'a paru trop...

Laurent termina sa phrase :

– Trop cartésienne ?

Elle esquissa une grimace au souvenir de l'accueil plutôt hostile que lui avait réservé Isabelle.

– On peut dire cela. À bientôt, monsieur Castejac.

La porte se referma sur la jeune femme. Laurent entendit décroître le roulement de sa valise dans la rue, puis le silence revint.

Il se laissa tomber dans son fauteuil et ferma les yeux.

Pendant un moment, il eut un espoir : il venait de s'assoupir et le passage de son étrange visiteuse appartenait au monde du rêve.

Puis son regard rencontra le Kleenex froissé posé sur la table. Non, il n'avait pas rêvé...

Le cercle se refermait autour de lui. D'un côté la confrontation avec ses enfants vieillards, de l'autre l'alliance avec cette étrange fille qui se prétendait un ange.

De plus, il était condamné à rester le seul dépositaire de cet invraisemblable et familial anachronisme.

Soudain il se figea : on venait de frapper à la porte.

Quelle allait être la prochaine étape de cette délirante cavalcade ?

— Entrez, lança-t-il.

Laurent poussa un soupir de soulagement en voyant entrer Marc Bonnefous, colosse ventru et rubicond, un des plus florissants courtiers en vins de la région.

Épanoui, il vint enserrer la main de Laurent dans son énorme paluche.

— J'espère que tu n'as pas oublié que nous déjeunons chez Marie-Jo ? J'ai commandé des anguilles.

— Non, bien sûr, mentit Laurent.

L'autre se pencha vers lui avec un sourire.

— J'étais passé plus tôt mais, au moment de frapper, j'ai entendu à travers la porte une voix de femme qui me semblait bien jeune pour une viticultrice. Alors, moi, discret comme tu me connais, je suis allé faire un petit tour. J'ai attendu qu'elle sorte pour revenir.

Il lui lança un clin d'œil.

— Mignonne, la blonde à la valise !

Laurent poussa un soupir.

— Mais non, je te jure, ce n'est pas...

Bonnefous l'interrompit, en vieux briscard rodé aux frasques provinciales.

— Allons, on est entre hommes. Tu sais très bien que tu peux compter sur ma discrétion. Au fait, j'ai vu Isabelle à la parade. Elle n'avait pas l'air de rigoler au milieu de sa bande d'écolos !

En fermant la porte derrière eux, Laurent se dit que jamais la pauvre Isabelle ne pourrait imaginer le nombre de secrets dont elle avait été écartée en une seule matinée...

5

– Tu te souviens, Laurent, lança Isabelle à peine caustique, que ton père vient déjeuner demain. Il doit nous
présenter sa nouvelle fiancée !

Il s'en souvenait, Laurent, et cela faisait même plusieurs
jours qu'il appréhendait ce moment : depuis le coup de
téléphone de Jean-Michel – son père détestait qu'on
l'appelle papa – qui annonçait son arrivée dimanche pour
leur présenter la dernière femme de sa vie.

Laurent entretenait d'étranges relations avec ce père si
peu paternel... Depuis le départ de son épouse lassée de
jouer le rôle de maman auprès d'un mari à jamais imma-
ture, Jean-Michel avait laissé s'inverser les rapports père-
fils. Il empruntait en cachette de l'argent à Laurent et venait
quêter son aval chaque fois qu'il faisait une nouvelle rencontre.

Hélène Bourgain-Lieberman, amie de collège d'Isabelle,
qui œuvrait dans l'univers nébuleux de la psychothérapie,
avait un jour diagnostiqué l'attitude de Jean-Michel. Il
s'agissait d'un phénomène de régression comportementale
pouvant se définir comme une déviance du S.P.P. – syn-

drome de Peter Pan –, également appelé Trip régressif par les psys œuvrant dans les quartiers sensibles.

Laurent et Isabelle avaient vu défiler une bonne douzaine de manucures, coiffeuses et autres esthéticiennes, toutes invariablement blondes, toutes affublées de prénoms d'héroïnes de feuilletons américains.

Un jour, après le passage de Jean-Michel flanqué d'une Sabrina particulièrement éprouvante, Isabelle avait lancé à son mari :

– Jamais je n'aurais imaginé que le C.A.P. de coiffure exerce une telle influence sur la libido des sexagénaires !

Laurent avait esquissé un sourire penaud. Les rapports entre Isabelle et son père tenaient davantage de la co-existence pacifique que de l'affection mutuelle. Mais, plus que tout, il redoutait maintenant la confrontation entre son père resté adolescent et ses enfants devenus grands-parents...

Le dimanche tant redouté était arrivé.

La maisonnée s'affairait aux préparatifs du déjeuner. Les enfants dressaient la table. Après avoir vérifié la cuisson des haricots, Isabelle baissa la température du four pour éviter que le gigot ne prenne un coup de chaud. Laurent finissait de mettre en carafe la bouteille de médoc qu'il venait de remonter de la cave, lorsqu'un grondement retentit, parfaitement insolite dans cette campagne paisible. Tout le monde se figea. Le bruit s'amplifia jusqu'à devenir un roulement de tonnerre.

Ils sortirent tous sur la terrasse. Dans le petit chemin,

apparut, au milieu d'un tourbillon de poussière, une escouade de motos chevauchées par des pilotes casqués et caparaçonnés de cuir noir dans la plus pure tradition des Hell's Angels. Le groupe de motards s'arrêta devant le perron. L'un d'entre eux descendit de sa machine. Il ôta son casque : c'était Jean-Michel, épanoui. Il vint embrasser Isabelle, Laurent et les enfants qui assistaient sans mot dire à cette invasion d'extraterrestres. Il hurla pour couvrir le vacarme de la vingtaine de moteurs que les *bikers* faisaient rugir à tour de rôle :

– Ce sont les copains de mon club qui ont tenu à m'accompagner. Ils continuent sur l'Espagne. Il y a un rassemblement Harley à Bilbao.

Il fit un grand signe du bras à ses compagnons alignés, les mains hautes sur le guidon de leurs machines rutilantes de tous leurs chromes, aux selles frangées et cloutées comme des harnachements de rodéo.

Dans un ballet vrombissant, ils enchaînèrent une série de demi-tours, révélant les profils d'aigles et d'Indiens qui ornaient le dos de leurs armures de cuir.

Longtemps après que le nuage rougeâtre soulevé par leur passage fut retombé, on entendait encore la pétarade décroître dans la vallée.

– Je vous présente Marilyn.

Un peu intimidé, Jean-Michel tenait par la main sa passagère qui venait de poser son casque intégral.

Elle secoua la tête pour faire bouffer ses cheveux blonds. Elle avait un visage anguleux, des yeux bleu clair et un sourire qui découvrait jusqu'aux gencives une dentition impressionnante.

Isabelle et Laurent s'apprêtaient à lui serrer la main. Marilyn s'exclama :

– On se fait la bise, Je suis un peu de la famille, pas vrai, Jean-Mi ?

Jean-Michel acquiesça d'un sourire gêné.

Elle vint plaquer quatre rafales de trois baisers sonores sur les joues de ses hôtes.

– J'ai l'impression de déjà vous connaître. Jean-Mi m'a tellement parlé de vous !

Isabelle entraîna tout le monde vers le jardin où étaient servis les apéritifs.

– Venez vous rafraîchir. Vous devez être morts de soif après cette équipée en plein soleil.

Les deux enfants les regardèrent partir et échangèrent une grimace. Jérémie murmura à l'oreille de sa sœur :

– Il a vraiment une drôle de touche, mon fils, avec sa queue-de-cheval et son anneau dans l'oreille. Tu crois qu'il se teint les cheveux ?

Chloé haussa les épaules.

– Évidemment qu'il se teint. Elle aussi. Tu n'as pas vu ses racines ?

Il poussa un soupir.

– Il a toujours eu des goûts de chiotte, ce gosse ! Il me fait de plus en plus penser au Beauf de Cabu.

Chloé gloussa :

– Et elle, c'est Xena la guerrière avec sa cuirasse noire !

Ils pouffèrent tous les deux.

Isabelle fit irruption sur la terrasse. Elle les toisa, sévère.

– Voulez-vous venir avec nous, au lieu de faire des messes

basses ! Ça fait plus de six mois que vous n'avez pas vu votre grand-père. Ce que vous pouvez être mal élevés !

Les enfants échangèrent un regard résigné et suivirent leur mère en traînant les pieds.

Après le pastis de bienvenue, Marilyn et Jean-Mi étaient passés dans la salle de bains pour se dépouiller de leurs combinaisons de motard.

Marylin était à présent vêtue d'une minijupe qui révélait des mollets de coureur cycliste et d'un tee-shirt court qui dévoilait son nombril dans lequel était enchâssée une pierre précieuse. Elle était uniformément bronzée, d'un hâle illogique pour une citadine. Autour de son biceps droit, courait un tatouage floral qui évoquait un fil de fer barbelé. Ses muscles saillaient au moindre mouvement et son téton pointait sous le débardeur enluminé acheté au marché de Pointe-à-Pitre.

Soucieuse de séduire sa nouvelle famille, elle s'extasiait sur tout : l'harmonie des rideaux prune sur les pierres apparentes, les boucles d'oreilles si tendance d'Isabelle, la sagesse des enfants comparés aux gosses de maintenant qui ne respectent plus rien !

Laurent nota qu'une troisième chaîne d'or pendait autour du cou paternel. Par l'échancrure de sa chemisette, à côté de la main de Fatma et de la *fica* brésilienne, une figurine aztèque témoignait d'un nouveau séjour en club-vacances exotique. Laurent se souvenait de la carte postale de Bahia Blanca. Ils avaient encore eu droit à un coucher de soleil sur des tropiques bétonnés. Il avait d'ailleurs remarqué que son père ne lui donnait de ses nouvelles que lorsqu'un océan les séparait...

— Et comment vous êtes-vous connus, si ce n'est pas indiscret ? demanda Isabelle, perverse.

— Oh, il n'y a pas de mystère, hein, bichon ? On s'est connus au salon. Mme Carmen m'avait mise aux teintures. C'est là que j'ai vu Jean-Mi pour la première fois. Il était sur le fauteuil, la tête en arrière, en train de se faire shampouiner. La manucure s'occupait de sa main droite, la gauche trempait dans un bol de mousse. Sa chemise était ouverte et il avait coincé ses chaînes entre les dents pour que je puisse lui teindre les poils du poitrail. Il était trop craquant !

Cette image cocasse provoqua chez les enfants un double fou rire, vite réprimé par le regard sévère d'Isabelle.

Jean-Michel glissa un coup d'œil gêné à son fils qui le rassura d'un sourire.

Émue à ce souvenir, Marilyn posa sa main veineuse sur le genou de Jean-Michel.

— Ah, on s'est bien trouvés, tous les deux. Lui est branché biker, moi je suis accro fitness. Je me suis inscrite à son club Harley et Jean-Mi est venu à ma salle soulever de la fonte.

Elle précisa, agitant l'index dans un cliquetis de bracelets :

— Attention, moi, je ne touche pas aux haltères. Je travaille uniquement sur le banc de muscu. Pour une femme, il faut du muscle long. Ça fait vulgaire, une femme trop athlétique, vous ne trouvez pas ?

Avec un bel ensemble, la famille acquiesça gravement.

Suave, Isabelle présenta le gigot.

– Vous en reprendrez bien une petite tranchette ? Rassurez-vous, j'ai dégraissé la sauce.

Marilyn se servit.

– Aujourd'hui, bonjour le régime, lança-t-elle avec enthousiasme. C'est trop bon !

Laurent observa du coin de l'œil son père qui coupait sa tranche de gigot. Jean-Mi avait effectivement acquis des biceps de gladiateur et lui aussi arborait un tatouage gothique sur le haut du bras.

Marilyn enveloppa les deux enfants d'un regard attendri.

– Qu'est-ce qu'ils sont trognons !

Elle se tourna vers Jean-Michel.

– Je trouve que, par moments, le petit a des expressions de toi, c'est frappant !

Laurent réfréna un sourire en voyant le rictus horrifié de Jérémie.

À la fin du repas, Marilyn ouvrit son sac et en tira les cadeaux qu'elle avait apportés pour les enfants : un sac à dos rose fluo en forme de lapin siglé « Urban Wear » en lettres de strass pour Chloé, et un Perfecto de motard pour Jérémie. Pendant que les enfants, lugubres, passaient leurs accoutrements, Isabelle et Laurent firent remarquer à Marilyn que c'était une folie d'offrir des vêtements coûteux à des enfants en pleine croissance. Marilyn haussa gaiement les épaules.

– Moi, lâcha-t-elle avec désinvolture, je dis toujours qu'on n'emporte pas ses économies au cimetière !

Le frère et la sœur durent se plier à la séance d'essayage, se tourner et se retourner, puis s'éloigner pour que l'on apprécie leur allure.

71

Les dents serrées, Jérémie murmura à sa sœur :

– Je ne sais pas si je suis trognon mais elle commence à me les briser menu, la coiffeuse du petit !

– Allons, lui chuchota Chloé sur le même ton. Elle est un peu nunuche, mais c'est une brave fille...

Jean-Mi asséna une joviale bourrade à Jérémie.

– Tu es superbe, mon petit gars. Il ne te manque plus qu'une Harley !

Marylin, qui avait apporté sa trousse de maquillage, prit Chloé sur ses genoux et, en un tournemain, la transforma en Lolita à l'œil charbonneux et à la bouche sanguinolente.

Ensuite ce fut au tour de Jérémie d'avoir les cheveux enduits de gomina par l'experte Marilyn qui entreprit de lui confectionner une banane de rocker sous l'œil réjoui de Jean-Mi.

– Regardez-moi ça, commenta-t-elle, épanouie, un vrai petit Elvis !

Assise sur le divan entre ses parents, Chloé était au comble de l'exaspération.

Elle chuchota à l'oreille de son père :

– Non, mais tu as vu comment elle déguise ton grand-père, cette cocotte ! Fais quelque chose.

Laurent la calma à voix basse :

– Allons, allons... Ce n'est pas bien méchant.

À ce moment, éclata un fracas de porcelaine brisée : un vase chinois que Jérémie venait de faire choir d'un coup de coude.

Narquoise, Chloé glissa à son père consterné :

– Je t'avais prévenu !

Isabelle était furieuse. C'était le cadeau de mariage offert par sa mère.

Elle envoya illico Jérémie dans sa chambre.

Digne et solidaire, Chloé suivit son frère sous les protestations de Marilyn.

– Oh, les pauvres minous, plaida-t-elle, c'est pas leur faute.

L'œil noir d'Isabelle et un coup de botte de Jean-Mi sous la table la firent taire.

Mais, comme toutes les âmes simples, Marilyn était prompte aux émotions. À la joie d'offrir, succéda le désespoir d'avoir provoqué le châtiment des enfants.

Elle éclata en sanglots. Son visage était baigné de larmes, son nez rouge et luisant.

– Tout est à cause de moi, bredouilla-t-elle. C'est clair. Je suis une gourde de chez gourde...

Jean-Mi lui tapota affectueusement le deltoïde.

– Tu n'y es pour rien. C'est juste mon petit-fils qui a un caractère difficile. J'ai l'impression de revoir mon père.

Laurent profita de cette évocation pour poser à Jean-Michel des questions sur la vie d'Alexandre, ce grand-père dont il gardait un souvenir vague et dont il savait finalement peu de choses.

Tandis qu'Isabelle servait le café sous la tonnelle, Jean-Mi ne se fit pas prier. L'œil humide, il brossa le portrait de son père, cet autodidacte venant d'un milieu rural plus que modeste. Il décrivit cet homme simple et courageux qui avait fait ses études à la lueur d'une bougie et fini par monter sa propre affaire à la force du poignet.

Il s'attendrit :

– C'était un sacré personnage, ton grand-père ! Un des derniers grands capitaines d'industrie, dans la lignée d'André Citroën ou de Marcel Dassault. Un homme d'affaires infatigable qui travaillait dix heures par jour, vénéré par ses employés, redouté, mais estimé par ses concurrents. Il y avait encore un code de l'honneur, à l'époque ! Il m'a élevé dans le respect de la probité et des vraies valeurs.

Et, sous l'œil chaviré de Marilyn, il évoqua ses après-midi au parc Monceau avec Miss Clara, sa nurse anglaise, ses jeudis au manège du bois de Boulogne, en compagnie de sa maman, elle-même excellente cavalière, ses études chez les bons pères, sa première voiture de sport quand il avait eu son bac...

– Et quelles étaient vos relations ? demanda Laurent, un peu sceptique à l'énoncé de ce tableau exemplaire.

– Des rapports basés sur la loyauté, affirma Jean-Michel, solennel. Je savais qu'il avait confiance en moi et je me faisais un point d'honneur de ne pas le décevoir.

L'oreille collée à la porte du jardin, Jérémie et sa sœur, qui étaient venus chaparder un bout de tarte dans la cuisine, ne perdaient rien des révélations de Jean-Michel.

Jérémie, toujours affublé en rocker, laissa échapper un ricanement :

– Non, mais c'est qu'il croirait à ses bobards, cet imbécile !

– Chut. Ils vont nous entendre !

À présent, c'était la voix de Laurent.

– Et pourquoi n'as-tu pas repris son affaire ?

Jean-Mi garda un temps de silence.

– Je pense que cela a été la grande déception de sa vie !
Il m'avait formé à son image, mais j'avais une âme de
rebelle. J'étais un utopiste. Et quand 68 est arrivé, ça a été
le tournant définitif pour moi. Sous les pavés, la plage ! Je
m'étais reconnu en ces enfants impatients. J'ai su alors que
jamais je ne siégerai derrière un bureau.

La voix émue de Marilyn vint ratifier cet aveu.

– C'est vrai. Il le dit souvent. C'est un rebelle, mon
bichon. Un vrai James Dean.

Jérémie faillit s'étrangler dans sa part de tarte.

– Un rebelle ! Un bon à rien, oui... J'ai fini par le virer
à coups de pied au cul !

Angoissée à l'idée que l'on puisse les entendre, Chloé
entraîna son frère hors de la cuisine. Tandis qu'ils se dirigeaient vers leur salle de jeux, elle lui demanda :

– Tu as été un peu dur avec lui, non ?

Jérémie lui jeta un regard noir.

– Tu ne vas pas recommencer comme à l'époque ? J'ai
l'impression d'entendre sa mère. Ce gosse était incapable
de vendre une auto. Il piquait les voitures du garage pour
emmener ses coiffeuses en week-end à Deauville !

– Déjà des coiffeuses ? demanda Chloé.

Jérémie haussa les épaules.

– Oui, c'était une vocation précoce. Il devait bien y avoir
aussi des secrétaires et des hôtesses de l'air... Il n'était pas
regardant sur la marchandise, du moment qu'il tombait
sur une dinde qui marchait à ses boniments !

– Et après, qu'est-ce qu'il a fait ?

– Des petits boulots qui ont tous foiré ! Je l'avais recom-
mandé à un négociant en vins qui l'a pris comme repré-

sentant. Il est allé faire la fête avec les échantillons des bouteilles, puis il est devenu gérant d'une société fantôme qui a fait faillite, ensuite il s'est associé à un malfrat qui s'est retrouvé à la Santé.

D'une chiquenaude, il évacua les miettes de tarte tombées sur son blouson.

– Je ne l'ai revu que le jour de son mariage. Je sais que sa mère lui a toujours donné de l'argent en cachette.

Chloé opina.

– Il est venu me voir deux ou trois fois à la maison de retraite.

– Et, bien entendu, tu t'es laissé avoir ?

Elle eut un sourire indulgent.

– Oh, ce n'était pas des grosses sommes. Et puis je n'ai pas d'enfant. Ça lui serait revenu, de toute manière.

Elle passa le bras autour du cou de son frère.

– Montre-toi un peu tolérant. S'il est heureux avec sa belle moto et sa coiffeuse qui le prend pour Che Guevara, c'est le principal.

– Tu as raison. On ne va pas refaire l'histoire, concéda Jérémie, bougon. C'est déjà assez compliqué comme ça !

En poussant un soupir fataliste, il s'installa devant l'écran où s'affichait un court de tennis. Figés dans une position d'attente, un joueur en bleu faisait face à un joueur en rouge.

Il prit une des manettes de la Playstation.

– C'est à moi de servir.

Sa manette en main, Chloé protesta :

– Ah non ! C'est toi qui servais au dernier jeu. Je t'ai même pris ton service !

76

– Pas du tout, on est à trois sets partout et c'est toi qui as commencé...

Chloé jeta sa manette avec humeur.

– Moi je ne joue plus avec toi. Tu es de trop mauvaise foi.

Isabelle vint les interrompre :

– Arrêtez de vous disputer. Venez dire au revoir à votre grand-père.

Ils se levèrent.

– Tu n'as rien à me dire, Jérémie ?

– Si, dit Jérémie en venant embrasser sa mère. Excuse-moi pour le vase. Je ne l'ai pas fait exprès.

Pas dupe, elle lui glissa un regard aigu.

– Et ne te crois pas obligé de me mentir, s'il te plaît !

Sur le petit chemin, Jean-Mi était déjà assis sur le siège Western de sa Harley dont le moteur tournait au ralenti. Marilyn avait, elle aussi, revêtu son armure de cuir. Les yeux brillants d'émotion, elle n'en finissait pas de remercier Isabelle et Laurent pour le merveilleux moment qu'elle avait passé. Les larmes refirent leur apparition lorsque Isabelle apporta deux pots de confiture de figues qui allèrent rejoindre dans les fontes de la moto la bouteille de pineau offerte par Laurent.

Les enfants eurent droit chacun à une étreinte musclée de la coiffeuse au grand cœur qui leur inonda le visage d'une salve de baisers salés.

Jean-Mi fit dans la sobriété virile. Il ébouriffa les cheveux de Chloé et lui déposa une bise sur le front. Il asséna une tape complice sur l'épaule de Jérémie en lui glissant avec un clin d'œil :

– Tu as un sacré caractère, mon bonhomme ! On est de la même race, toi et moi : des rebelles !

Puis Marilyn vint à son tour enfourcher la machine, le bas-ventre collé aux fesses de son homme. D'un même geste de chevaliers avant un tournoi, ils rabattirent les visières de leurs casques et, dans un vrombissement majestueux, la Harley-Davidson disparut au détour du chemin.

6

L'épisode du vase brisé avait encore fait monter l'angoisse chez Laurent, seul dépositaire de ce lourd secret. Jamais auparavant son fils n'avait montré ce comportement irascible.

Depuis que le grand-père autoritaire et ombrageux s'était installé dans l'enveloppe de Jérémie dont les grands yeux bleus et le sourire charmeur faisaient craquer toutes les mamans alentour, il était évident que l'enfant avait des réactions de plus en plus violentes.

Laurent guettait son fils, attentif au moindre de ses mouvements d'humeur, à l'affût de toute nouvelle manifestation d'agressivité.

Il en rêva même : il vit Jérémie sous l'avatar du doux Docteur Jekyll tombé sous l'emprise de l'infâme Mister Hyde qui l'enchaînait sur le siège de sa moto. Ensuite, dans un rugissement infernal, la Harley-Davidson fonçait sur l'ange aux ailes de carton qui tirait sa valise à roulettes le long du chemin de pierre.

Laurent hurla et se réveilla en sueur. Isabelle alla lui

préparer une infusion d'aubépine et décréta que la pleine lune faisait encore des siennes.

Hélas, les sombres appréhensions de Laurent ne tardèrent pas à se vérifier.

Deux jours plus tard, Isabelle et lui furent convoqués chez le principal du collège : au cours d'une bagarre à la récré, Jérémie avait cassé deux dents à un élève.

M. Lafargue leur fit part de son étonnement face à cet acte de brutalité chez un garçon dont la conduite avait, jusque-là, été exemplaire. De plus, Jérémie était l'un des meilleurs élèves de sa classe. Compte tenu de ces éléments favorables – et du fait qu'Isabelle était déléguée des parents d'élèves –, Jérémie ne passerait pas en conseil de discipline. Il se verrait infliger un avertissement assorti de trois jours d'exclusion.

– Mais, avertit le principal, à la prochaine manifestation de violence, je serai contraint d'appliquer la tolérance zéro, autrement dit le renvoi définitif.

Isabelle sortit mortifiée de l'entrevue, au bord des larmes. Comment leur fils avait-il pu avoir soudain ce comportement de loubard ? Laurent était, lui aussi, atterré mais pour d'autres raisons : il assistait à la confirmation de ses pires pressentiments.

Sur le chemin du retour, il essaya, avec une parfaite mauvaise foi, de raisonner son épouse. Il tenta de lui démontrer que l'on ne pouvait pas juger Jérémie sans connaître les circonstances. Ce n'était peut-être là que la nouvelle manifestation d'une poussée de puberté...

Au regard incrédule que lui renvoya Isabelle, il constata la faillite de ses piètres arguments.

Un silence morose retomba dans la voiture. Soudain Isabelle se tourna vers Laurent.

— Tu ne m'as pas dit que tu devais aller à Paris rencontrer un négociant en vins ?

Surpris, il acquiesça.

— Et pourquoi ne calerais-tu pas ce rendez-vous durant la période d'exclusion de Jérémie ? Vous pourriez partir tous les deux. Ça te permettrait de lui passer un savon et de remettre les pendules à l'heure... Je suis sûre qu'il se confiera beaucoup plus facilement si je ne suis pas là. Pendant ce temps, je parlerai à Chloé. Il leur faut une reprise en main.

Laurent jugea la proposition excellente. Pour la première fois depuis la transmutation d'Alexandre en Jérémie, il allait se trouver face à face avec son fils. Ce serait effectivement l'occasion de mettre pas mal de choses au point.

Jérémie accueillit l'annonce de sa sanction d'un « Je suis désolé » qui masquait mal une totale indifférence. En revanche, la nouvelle du voyage à Paris avec son père illumina son visage d'un grand sourire. Ils partirent le lendemain matin.

Sitôt que la maison eut disparu au détour du chemin de terre, Jérémie quitta son masque d'enfant.

Il entreprit d'inspecter la voiture comme s'il la découvrait, promena son doigt sur l'habillage façon bois du tableau de bord. Il ricana :

— Du plastoche ! Dans ma Delage, c'était de la loupe d'orme. Ça sentait bon le bois et le cuir, les voitures d'autrefois. Chacune avait son odeur, chaque moteur avait sa musique. Les bons mécanos avaient l'ouïe aussi fine que des accordeurs de piano pour régler un carburateur double corps. Et qu'est-ce que c'est devenu, tout ça ? Une carte à puces.

Piqué, Laurent lui lança :

— Attache ta ceinture !

Jérémie s'exécuta à contrecœur en maugréant :

— Vous êtes vraiment traités comme des assistés ! Ceinture de sécurité, portière qui se verrouille au démarrage, airbags, régulateur de vitesse, G.P.S. pour t'indiquer la route à suivre !

Frondeur, il se tourna vers son père.

— Tu es sûr d'être toujours obligé de tenir ton volant ? Pas pour longtemps. Bientôt, tu auras un gentil robot qui te remplacera pour suivre l'itinéraire programmé par satellite !

Exaspéré par le persiflage de Jérémie, Laurent l'interrompit.

— Ça suffit, maintenant ! lança-t-il avec violence. Tu arrêtes ton numéro et tu m'écoutes. Je ne t'ai pas emmené pour subir tes ricanements de vieillard rétrograde, mais pour te parler de choses graves. En l'occurrence, tes accès de violence. Tu as agi comme une stupide petite brute ! Je te signale que tu as été à deux doigts d'être viré du collège et qu'au prochain écart, c'est la porte !

Les dents serrées, le regard buté, Jérémie subissait les foudres paternelles.

Laurent jeta un regard à son fils. Il l'interrogea sèchement :

— Je voudrais que tu m'expliques ce qui t'est passé par la tête pour te comporter comme un voyou.

Muré dans un silence digne, Jérémie gardait l'œil fixé droit devant lui. Laurent haussa le ton :

– Je t'ai posé une question : qu'est-ce qui t'a poussé à tabasser aussi sauvagement ton copain Michaël ?

D'un coup, Jérémie sortit de son mutisme.

– Tu parles d'un copain ! éructa-t-il. Ce demeuré qui écrit que Monet est un impressionnable, qui a cité Antigrippine comme héroïne de Racine et qui croit que Toulouse-Lautrec est une rencontre de rugby !

Laurent s'efforça de ne pas sourire.

– Ce n'est pas une raison pour lui casser deux dents !

Jérémie répliqua d'un ton indigné :

– Alors, j'aurais dû le laisser ôter la petite culotte de ta grand-tante contre un tee-shirt des Chicago Bulls proposé par ce primate de Bouchard qui voulait voir si elle avait des poils ?

Il jeta à son père un regard de biais.

– Dis-moi, j'aurais dû ?

Désarmé, Laurent répondit l'œil fixé sur la route :

– Essaie quand même d'éviter les dents à l'avenir, d'accord ?

– Bon, je viserai les couilles, ça laisse moins de traces, concéda Jérémie, mais il commence à me gonfler sérieux, ce petit connard. Il a intérêt à se calmer vite fait, sinon il va se retrouver avec une tête au carré et il ne pourra plus enfiler sa casquette Lacoste avec le crocodile à l'envers !

Outré par le vocabulaire de son fils, Laurent haussa le ton :

– Tu ne pourrais pas employer un langage plus convenable ?

83

Jérémie répondit avec la gouaille d'Alexandre :

– Excuse-moi, je n'ai pas fréquenté les écoles. À quinze ans, j'avais les mains dans le cambouis !

– Fais-moi grâce de tes nostalgies populistes, répondit Laurent, pas dupe. Tout ce que je te demande, c'est de me donner ta parole de ne plus jamais te livrer à une quelconque brutalité, même si cela te semble justifié.

Jérémie poussa un soupir résigné.

– C'est d'accord, je te promets de me contrôler, à l'avenir. Je ferai profil bas, puisque c'est l'époque qui veut ça...

– Que veux-tu dire ? lui demanda Laurent à la fois soulagé et étonné.

À présent, c'était le grand-père qui s'exprimait avec la voix enfantine de Jérémie.

– Je prétends simplement que nous vivons dans une époque frileuse. Vous avez peur de tout. Un misérable coup de poing dans une cour de récré devient une affaire d'État. Dès qu'il y a le moindre problème, on signe des pétitions, on s'abrite derrière une association pour attaquer la mairie, l'hôpital, le gouvernement ! Quand des automobilistes sont coincés par la neige sur une autoroute, on met en place une cellule d'urgence de soutien médico-psychologique ! Moi, toute ma vie j'ai pris des risques, et à chaque fois que je me suis ramassé une claque, il y avait un seul responsable : ma pomme ! On ne peut pas dire que vous soyez des aventuriers, mon pauvre garçon...

Pas mécontent de son véhément plaidoyer, Jérémie défit l'enveloppe transparente d'un caramel qu'il se mit à sucer avec délice. Laurent garda un temps de silence avant de riposter.

– Tu regrettes le temps des mineurs entassés dix heures par jour au fond des puits ? demanda-t-il d'un ton enjoué. Dans un sens, je te comprends : ça devait être confortable de diriger une affaire en employant des ouvriers sans vacances, sans couverture sociale, dont les enfants étaient mis au travail à douze ans !

Jérémie ne daigna pas répondre. Il avait extirpé de la boîte à gants des lunettes de soleil qu'il essayait devant le miroir de courtoisie. Agacé, Laurent les lui reprit et les remit à leur place en fermant le couvercle d'un claquement sec. Avec une mine de martyr, Jérémie se carra au fond de son siège.

Il regarda la file de voitures qui s'étirait sur l'autoroute.

– Tu as remarqué : on ne voit que des autos récentes...

Il ricana :

– Vingt-quatre mois de traites, plus le crédit de leur cuisine Mobalpa, plus celui de leur télévision à écran plasma avec lecteur D.V.D. à effet Surround...

L'œil brillant, la voix vibrante, Jérémie se lança dans un nouveau réquisitoire contre cette époque qu'il rejetait :

– Voilà ce qu'ils sont devenus, les travailleurs en lutte pour la dictature du prolétariat et l'abolition de la propriété privée ! Des petits épargnants étranglés par les mensualités de leur crédit revolving, qui ne pensent qu'à prendre leur retraite le plus tôt possible pour aller tailler le jardin de leur pavillon qu'ils paient depuis l'âge de vingt ans... Ah, vous les avez bien récupérés, les damnés de la terre ! Ils sont sagement rentrés dans le rang, maternés par l'État-providence qui leur fixe dès la naissance le code du politiquement correct. On ne doit pas fumer, pas manger gras, pas dire d'un Arabe qu'il est arabe, pas dire d'un vieux qu'il est vieux, pas dire d'un pédé qu'il est pédé, sous peine d'aller en prison pour racisme ou discrimination ! Il ne faut pas traiter de voyous les loubards cagoulés qui brûlent votre voiture sous peine d'être taxé de fasciste. On ne peut plus mettre une baffe à un gosse sans qu'il vous dénonce pour sévices, et si on refuse de lui acheter une Mob, il vous accuse de pédophilie. Excuse-moi, mais ce genre de bonheur-là, je te le laisse bien volontiers...

Laurent commençait à être lassé par les vitupérations de son fils devenu porte-parole de cet aïeul réactionnaire. Il reprit la voix autoritaire du père :

– Tu vas me faire le plaisir d'arrêter tes élucubrations ! Tu auras beau dire et beau faire, on ne reviendra jamais à la marine à voile et aux trains à vapeur...

Vexé, Jérémie se consacra à l'ouverture d'un nouveau caramel.

Chacun se réfugia dans un mutisme hautain. Pour marquer son pouvoir, Laurent alluma la radio.

Durant un quart d'heure, une ambiance lourde régna dans l'habitacle. Aux bulletins de France Info répondaient les bruits de succion du caramel de Jérémie. C'est lui qui, le premier, mit fin à cette double bouderie en lâchant d'un ton détaché :

– J'ai entendu le récit que Jean-Michel faisait de sa jeunesse dorée...

Laurent baissa la radio. Sourcils froncés, il se tourna vers son fils.

– Parce qu'en plus tu écoutes aux portes ?

Peu soucieux de voir se ranimer les hostilités, Jérémie arbora son sourire enjôleur.

– Allons, papa, ce n'est pas bien méchant, tous les enfants écoutent aux portes, lança-t-il. Mais ça n'empêche que ton père, ou mon fils, si tu préfères, vous a raconté un beau tissu d'âneries ! Quant à la description de ma prétendue vie d'homme d'affaires, c'est également un ramassis de foutaises ! Il a dû piquer ça dans un des magazines débiles qui servent de bible à sa pintade aux biceps de lutteur forain !

Maintenant, toute trace de colère avait disparu du visage de Laurent. Il attendait avec curiosité que Jérémie lui parle de cet aïeul qu'il avait si peu connu – Laurent avait neuf ans lorsque Alexandre était mort aux États-Unis – et qui était considéré comme l'aventurier de la famille...

– Il ne tient qu'à toi de rétablir la vérité, lui dit-il.

– Tu y tiens vraiment ? demanda Jérémie.

Laurent fit oui de la tête.

Jérémie pointa l'index en signe de mise en garde.

– Tu ne me taxeras plus de populisme nostalgique ?

– Promis.

– Tu ne me m'accuseras plus de tenir des propos de vieux con réactionnaire ?

Laurent eut un haut-le-corps indigné.

– Je n'ai jamais dit ça !

– Non, répondit Jérémie, narquois, mais tu l'as pensé si fort que ce n'était même pas la peine de l'exprimer...

En s'engageant à ne plus médire sur son aïeul, Laurent se dit qu'il commençait à apprécier les étranges rapports qu'il entretenait avec son fils-grand-père.

7

Le regard grave dans son visage piqueté de taches de rousseur, les mains enserrant ses genoux repliés sur le siège, l'enfant fit le récit de la vie rude d'Alexandre. Un récit qui n'avait qu'un lointain rapport avec le portrait enjolivé par Jean-Michel.

Gazé pendant la Grande Guerre, le père d'Alexandre ne survécut que deux ans à l'armistice. Il suivait de peu son épouse, emportée en 1918 par la grippe espagnole.

À quinze ans, Alexandre se retrouva donc orphelin, avec sa petite sœur à charge. Trop frêle pour reprendre la forge paternelle, il n'avait pour vivre que les deux vaches, la dizaine de poules et les quelques arpents de terre cultivable qui servaient à nourrir la famille.

Durant deux ans, il mena une vie pénible, se privant souvent pour que la petite Marthe ait son assiette pleine. Comme il était d'un commerce agréable et que son père était respecté dans la région, il trouva des petits travaux à effectuer chez les uns et les autres.

Un jour, en déterrant une souche chez un voisin, il eut la divine surprise de découvrir une cinquantaine de louis d'or, fruit de quelque clandestine distillation. Alexandre vit là un signe du destin. Il allait utiliser ce pécule inattendu pour réaliser son rêve : monter un garage.

Indigné, Laurent intervint :
– Tu veux dire que tu as gardé ce magot ?
Jérémie esquissa un sourire apitoyé devant la naïveté de son père.
– Je n'allais tout de même pas le rendre ! En plus, c'était de l'argent illicite. Et puis arrête de m'interrompre, veux-tu ?

Alexandre ouvrit donc le premier atelier de réparations de moteurs dans une région où les machines agricoles – engins de fabrication artisanale bricolés avec du matériel laissé par les Américains après la guerre de 14-18 – faisaient leur apparition.

Il n'épargnait pas sa peine et il eut bientôt suffisamment de clients pour faire bouillir la marmite et envoyer sa petite sœur à l'école. Il avait même embauché son jeune cousin Honoré sorti tout juste de la communale et qui partageait sa passion de la mécanique.

Et là, une fois de plus, le destin vint frapper à sa porte. Il prit la forme d'un chauffeur de maître, en leggins et casquette plate, qui entra un soir dans l'atelier. Son Hispano-Suiza était immobilisée à l'entrée de la petite ville. La suspension avait rendu l'âme à la suite d'un passage à grande vitesse dans une ornière. Il souhaitait qu'Alexandre récupère la voiture et l'abrite dans son garage. Il effectuerait la réparation quand la

89

lame de ressort neuve serait arrivée de Paris. C'était une question de quatre ou cinq jours. En attendant, son patron et lui logeraient à l'hôtel Beauséjour.

Remorquée par un attelage de percherons et escortée d'une foule d'enfants joyeux, l'Hispano traversa la ville sous le regard narquois des vieux qui prenaient le frais sur les bancs du mail.

Alexandre et Honoré contemplaient la majestueuse limousine qui trônait maintenant dans l'atelier à côté des engins agricoles. C'était la première fois qu'ils voyaient de près une voiture de riche. Et quelle voiture ! Une Hispano-Suiza H6 carrossée par Labourdette. Une machine de rêve dont ils connaissaient les caractéristiques par les fiches techniques de L'Auto *: 144 chevaux, 7982 cm^3 de cylindrée, elle atteignait les cent soixante kilomètres/heure, ce qui en faisait la voiture la plus rapide de l'époque. Ils avaient admiré ses photos dans le supplément illustré de* La petite Gironde *consacré au concours d'élégance de Biarritz. Dans la cour d'honneur de l'hôtel du Palais, les plus belles autos du monde étaient présentées par des élégantes à capeline et long fume-cigarette, flanquées d'un lévrier alangui.*

Les yeux écarquillés, les deux petits campagnards découvraient le tableau de bord en bois précieux, l'intérieur en cuir blanc avec miroirs et porte-bouquets. Ils osaient à peine caresser l'étincelante carrosserie blanche et noire, le capot interminable paré du bouchon de radiateur en forme de cigogne, mascotte de l'escadrille Guynemer, l'as de la Grande Guerre qui avait abattu cinquante-quatre appareils ennemis aux commandes de son Spad à moteur Hispano-Suiza.

C'est le soir, au cours de leur partie de billard dans l'arrière-salle du Vauban, qu'Alexandre prit une décision insensée, une décision qui allait, en fait, décider de son avenir : ils répare-raient eux-mêmes la voiture. Honoré roula des yeux effarés. Où pourraient-ils se procurer une lame de ressort d'Hispano-Suiza ?

Avec un sourire évident, Alexandre lui répondit qu'ils allaient tout simplement la fabriquer...

Ils remirent la vieille forge en route, puis ils démontèrent le longeron d'un camion qu'ils entreprirent de façonner aux dimensions de la pièce brisée. Ils passèrent la nuit à marteler, à courber, à souder. Au matin, la belle auto était à nouveau en état de prendre la route.

Il n'était pas peu fier, Alexandre, quand il arriva au volant de l'Hispano dans la cour de l'hôtel Beauséjour. Le propriétaire de la limousine, ravi de cette heureuse surprise et impressionné par l'esprit d'initiative du jeune garagiste, insista pour lui remettre une somme qui équivalait à ce qu'Alexandre gagnait en six mois.

Il lui donna sa carte en lui recommandant de passer le voir s'il venait à Paris. Et l'Hispano repartit, emportant avec elle son cortège de rêves splendides.

Cette incursion du beau monde dans son quotidien rustique n'arrêtait pas de trotter dans la tête d'Alexandre.

Trois mois plus tard, sa décision était prise : ici, la vie était trop étriquée pour lui. Il fallait qu'il monte à Paris.

Il confia sa jeune sœur à des cousins qui avaient des enfants du même âge, dont René, le futur mari de Marthe. Il remit les clés de l'atelier à Honoré qu'il éleva du coup au rang d'associé puis il prit le tortillard qui reliait la ville à la gare de Bordeaux-Bastide.

Lorsqu'il s'installa sur la banquette du wagon de troisième classe de la Compagnie des chemins de fer Paris-Orléans, son cœur battait très fort.

C'était son tour de suivre les traces d'autres Gascons célèbres – il avait dévoré les aventures de D'Artagnan, et vibré aux envolées de Cyrano de Bergerac – qui, eux aussi, étaient montés à la conquête de Paris.

– Tu allais au théâtre ? s'étonna Laurent.

Jérémie pointa sur son père un regard moqueur.

– Je te signale qu'avant le règne de la télévision les gens lisaient des livres et allaient au théâtre, même dans les campagnes profondes. Deux fois par an, une troupe des tournées Baret venait donner des représentations sur la grande place, là où est l'amicale des joueurs de boules. On était tous assis sur des bottes de paille et il fallait voir comme tout ce petit monde riait, pleurait, interpellait les acteurs, sifflait le méchant et envoyait des baisers à l'héroïne !

Laurent glissa un coup d'œil amusé à Jérémie qui mimait avec passion les souvenirs d'Alexandre.

– Nous avions même le samedi soir une séance de cinéma dans la salle du patronage. On voyait Douglas Fairbanks dans *Le Signe de Zorro*, Tom Mix dans *Le Vengeur masqué* et les séries de *Fantômas* et *Judex* qui faisaient hurler de peur les enfants et les filles. Il y avait un phonographe à pavillon sous l'écran et le curé choisissait une musique adaptée au film du jour : *La Rhapsodie hongroise* pour un drame, *Reviens, veux-tu* pour les scènes d'amour, *Guillaume Tell* ou *España* pour les films de cow-boys, et pour les comédies on avait immanquablement droit à *Marguerite, donne-moi ton cœur* ou *La Petite Tonkinoise.*

Il se tourna vers son père.

– Tu ne connais pas *La Petite Tonkinoise* ?

Laurent eut une moue incertaine.

Jérémie se mit à fredonner :

> *Je suis gobé d'une petite,*
> *C'est une Anna, c'est une Anna, une Annamite*
> *Elle est vive, elle est charmante*
> *C'est comme un z'oiseau qui chante*
> *Je l'appelle ma p'tite bourgeoise*
> *Ma Tonkiki, ma Tonkiki, ma Tonkinoise*
> *Y en a d'autres qui m'font les doux yeux*
> *Mais c'est elle que j'aime le mieux...*

Les deux mains enfoncées dans sa tignasse rousse, le regard perdu bien au-delà de l'autoroute, le vieil enfant avait traversé l'écran du pare-brise pour rejoindre les héros muets de son adolescence. Soudain il s'étira, poussa un soupir et se tourna vers son père.

– Tu n'as pas faim ?

Laurent sourit de la brusquerie avec laquelle Jérémie retrouvait son comportement d'enfant. Il lâcha sans quitter la route des yeux :

– Je te ferai remarquer que tu ne m'as pas raconté ton arrivée à Paris...

Jérémie l'implora :

– Après le déjeuner, je te le jure, papa !

Ce « papa » inattendu surprit Laurent. Il se tourna vers

Jérémie qui le regardait avec une moue poignante d'enfant affamé. Ils éclatèrent de rire tous les deux et il enclencha son clignotant pour prendre la sortie qui menait à la prochaine aire de service.

8

Cette trêve fut de courte durée.

Sitôt franchi la porte de verre qui délimitait l'univers climatisé du Restoroute, Jérémie retrouva le ton caustique du grand-père Alexandre.

Il se mit à vitupérer contre la faune alentour : les nombrils à l'air et les crânes rasés, les piercings et les tatouages. Dans la file du self-service, il ricana :

– Ah, autrefois, on avait une autre conception des étapes que vos bouffe-merde peuplés de primates poisseux, cloutés et tatoués qui hurlent des inepties dans leur téléphone portable !

Devant les regards noirs qui se braquaient sur eux, Laurent esquissa un sourire embarrassé et somma Jérémie de se taire.

À nouveau relégué dans son rôle d'enfant brimé, Jérémie se réfugia dans un silence offensé. Laurent et lui vinrent poser leur plateau sur deux napperons de papier qui vantaient en quadrichromie les Banana Split, Chocolate Ice Cream et autres gâteries concoctées à la chaîne par de prospères multinationales.

Installé devant son steak-frites, Jérémie contemplait d'un œil goguenard son père affairé à soulever le filtre transparent qui protégeait son assiette de charcuterie « Saveurs de nos régions ».

Laurent piqua un morceau de pâté qu'il commença de mastiquer sans enthousiasme. Levant les yeux, il rencontra le regard de Jérémie qui guettait sa réaction.

– Je dois reconnaître que c'est parfaitement dégueulasse, admit-il.

Cet aveu marqua la fin des hostilités.

– Quitte à passer pour un vieillard réactionnaire, je prétends qu'autrefois on savait voyager ! soupira Jérémie.

En mastiquant son bifteck « Tendresse de nos verts pâturages » et ses frites surgelées nappés d'une sauce blême, Jérémie-Alexandre évoqua l'heureux temps de ses vacances sur la Côte d'Azur.

Avant de prendre la route, il téléphonait de Paris pour réserver sa table dans un relais de gueule, comme on disait. Le plus souvent, il faisait étape au restaurant de la Côte d'Or à Saulieu, une des tables les plus étoilées du Michelin.

Lorsqu'il arrivait, c'était l'heure du déjeuner – deux cent quatre-vingts kilomètres de route nationale, cela prenait alors au moins quatre heures –, Dumaine, le maître des lieux, avait déjà mis au frais sa bouteille de puligny-montrachet.

Il n'était pas rare qu'Alexandre rencontre là quelques amis ou relations en route pour le Midi qui, eux aussi, faisaient escale dans ce lieu convivial pour déguster un pâté en croûte ou un poulet de Bresse aux morilles à la crème arrosés d'un moelleux meursault ou d'un subtil corton-charlemagne...

À l'évocation de ce menu de rêve, Laurent lui jeta un regard sombre.

— Je me demande, maugréa-t-il en attaquant sans enthousiasme son assiette de fromages rabougris « Farandole de nos terroirs », quel plaisir tu trouves à te complaire dans ce sadisme sénile...

— Mais il n'y avait pas que le Côte d'Or, renchérit Jérémie réjoui, on trouvait une dizaine de grands chefs entre Paris et Aix-en-Provence, comme Fernand Point à Vienne où Pic à Valence dont le gratin de queues d'écrevisses était célèbre dans toute l'Europe...

Sur le Formica voisin, un couple aux cheveux blancs picorait d'une fourchette circonspecte un assortiment de maïs, avocats et ananas pompeusement baptisé « Féerie tropicale »...

Depuis un moment, l'homme tendait l'oreille aux propos de Jérémie. Il finit par se tourner vers Laurent.

— Excusez-moi d'être indiscret, lui dit-il, mais c'est fantastique d'entendre un garçon de l'âge de votre fils évoquer avec cette érudition une époque tellement antérieure à lui. Je devais avoir son âge quand mes parents m'emmenaient en vacances à Bandol. On prenait toujours la nationale 7. Nous aussi, nous passions par Saulieu.

Jérémie leva un index.

— Attention, précisa-t-il, Saulieu, c'est sur la nationale 6. La nationale 7 passe par Moulins, Roanne, Saint-Étienne. C'est à Lyon que les deux routes se rejoignent pour devenir

la Route bleue jusqu'à Nice. Les gens font souvent la confusion.

Il sourit.

– C'est peut-être à cause de Charles Trenet...

Le vieux monsieur hocha la tête, les yeux pleins de rêve.

– Ah, Trenet...

Il se mit à fredonner. D'un mouvement ailé, sa main
tachée de son battait la mesure :

Nationale Sept
Il faut la prendre qu'on aille à Rome à Sète...

La voix de Jérémie vint se mêler à la sienne et ils continuèrent en chœur :

Que l'on soit deux trois quatre cinq six ou sept
C'est une route qui fait recette
Route des vacances
Qui traverse la Bourgogne et la Provence
Qui fait d'Paris un p'tit faubourg d'Valence,
Et la banlieue d'Saint-Paul-de-Vence...

Le voisin essuya ses lunettes embuées de nostalgie.

– Ça me fait remonter tant de souvenirs, confia-t-il dans
un sourire. Pour mes yeux d'enfant, la route du Midi,
c'était une succession de repères : les poteries d'Accolay à
Vermenton, la statue du taureau de Pompon sur la place
de Saulieu. Ensuite la pyramide de Valence, bien sûr, les
nougats de Montélimar et l'arc de triomphe romain
d'Orange... Je me souviens surtout d'une vision magique :

une grande pancarte sur le côté de la route. On y voyait une terrasse où un couple dansait...

Jérémie le coupa :

– La femme portait une longue robe blanche, et au fond, il y avait une baie illuminée avec une inscription : « Monte-Carlo, Élégance, Romance »... C'était juste après Valence, et là commençaient les premiers platanes.

Le voisin poussa un soupir.

– C'est bien loin, tout ça... Maintenant, on habite Bordeaux. Ma femme est de là-bas.

Son épouse lui posa doucement la main sur le bras.

– Il faut y aller. On a promis aux enfants d'arriver avant la nuit.

Elle se tourna vers Laurent.

– Quand il part dans ses souvenirs...

Laurent acquiesça, compréhensif.

– C'est pareil avec le mien !

Ils se levèrent. L'homme serra avec force la main de Laurent et de Jérémie.

– Merci de m'avoir fait revivre ces jolis moments...

– Peut-être à bientôt, sur la Route bleue, répondit Jérémie.

L'homme aux cheveux blancs esquissa un geste vague.

– Qui sait, dans une autre vie...

Réjoui, Jérémie se tourna vers Laurent qui s'étranglait dans son crottin de Chavignol.

Déjà les silhouettes des voisins s'étaient fondues parmi le flux sonore qui se pressait dans le Restoroute aux vitres vertes.

Cette rencontre avait rendu Jérémie tout guilleret. Le

fait d'avoir eu comme voisin de table un homme qui partageait ses souvenirs lui avait apporté une bouffée de bonheur. Et puis, vis-à-vis de Laurent, il n'était pas mécontent d'avoir croisé un témoin de sa vie antérieure. C'était comme une caution de son passé...

Sitôt installé dans la voiture, Jérémie reprit sa position favorite, les bras enserrant ses genoux repliés, et fit le récit de son arrivée à Paris. C'était le 15 avril 1929.

Lorsqu'il débarqua à la gare d'Orsay, Alexandre fut déconcerté par la hauteur des immeubles qui cachaient le soleil et par la hâte des gens qui se croisaient sans même saluer. Ils avaient tous l'air pressés et aucun ne souriait. Il dut demander trois fois son chemin avant d'obtenir une réponse.

Durant son trajet jusqu'à la résidence du propriétaire de la limousine, il traversa le pont de l'Alma et nota avec satisfaction que la Seine était nettement moins large que la Gironde...

Impressionné, il pénétra dans un hôtel particulier de l'avenue du Bois-de-Boulogne qui ne s'appelait pas encore avenue Foch.

La pimpante femme de chambre à tablier blanc qui lui ouvrit regarda avec amusement ce petit rouquin mal attifé à l'accent rocailleux. Elle le fit attendre dans l'antichambre. Lorsqu'elle revint, elle était nettement plus aimable et le pria de la suivre jusqu'à la salle à manger où M. Cortezzo prenait son petit-déjeuner.

Le propriétaire de la limousine était revêtu d'une élégante robe de chambre rouge. Face à lui, était assise une jolie femme

blonde en déshabillé. Il tendit une main chaleureuse à Alexandre et se tourna vers sa compagne :
— Maguy, je te présente le petit prince de la mécanique !
Et ce fut le début de la carrière d'Alexandre.
Charles Cortezzo, que tout le monde appelait Monsieur Charlie, le chargea de l'entretien de ses voitures : une Delahaye et l'Hispano. L'année suivante, Alexandre remplaça le vieux chauffeur parti à la retraite.
Monsieur Charlie en fit son homme de confiance et lui permit de monter un garage de voitures de luxe. Alexandre devait vite se rendre compte que le négoce était infiniment plus rentable que les réparations. Il fit venir Honoré pour diriger la partie mécanique, lui-même se réservant le secteur commercial. Grâce aux relations de son protecteur, l'entreprise d'Alexandre ne tarda pas à prospérer.

Laurent lui jeta un regard en coin.
– Il faisait quelles sortes d'affaires, ton Monsieur Charlie ?
– Toutes sortes d'affaires.
– Honnêtes ?
Jérémie prit un air outré.
– Oh, les grands mots !
Il adressa à son père un sourire rassurant.
– En tout cas, je peux te garantir qu'il y avait un sacré paquet de gens connus et de ministres à ses dîners du vendredi !
Laurent comprit que Jérémie ne s'étendrait pas davantage sur les activités de l'énigmatique Monsieur Charlie.
– Tu n'étais toujours pas marié ?

– Ça vient. En 1938, j'ai épousé Betty, ta grand-mère. C'était la fille de mon principal concurrent. Six ans plus tard, on a eu un enfant : Jean-Michel, ton père. Il s'est vite révélé comme un bon à rien, un fils à papa gâté et paresseux qui allait faire la fête avec les voitures qu'il devait livrer aux clients. J'ai passé l'éponge sur pas mal de ses bêtises, jusqu'au jour où il m'a planté une Aston Martin sur la route de Deauville. C'est la goutte d'eau qui a fait déborder le vase !

» Exaspéré, je l'ai viré sur-le-champ et, après diverses tentatives plus catastrophiques les unes que les autres, mon brillant rejeton s'est retrouvé vendeur de voitures d'occasion, « commercial », comme l'on dit maintenant, dans des garages de banlieue. Excuse-moi de te révéler aussi brutalement le passé de ton père, mais tu es assez grand garçon pour l'assumer, et puis j'ai surpris quelques regards durant le déjeuner qui me laissent à penser que tu n'es pas dupe de son cinéma...

» Tu vois, conclut Jérémie, que nous sommes loin de cet industriel rigoureux fier de son rejeton qui allait monter à cheval tous les dimanches !

– Et toi, tu ne m'as pas parlé de ta vie.

Jérémie eut un geste vague.

– Bof, une vie comme toutes les vies... La guerre, l'après-guerre. Beaucoup de voyages des deux côtés de l'Atlantique. Le divorce avec ta grand-mère. Et enfin mon accident d'avion aux États-Unis. La boucle est bouclée.

Laurent glissa un coup d'œil vers son fils-grand-père qui venait, en trois phrases, de faire l'impasse sur quarante ans de vie.

Carré au fond de son siège, le visage fermé, Jérémie défaisait l'enveloppe d'un nouveau caramel.

Laurent enclencha France Musique.

Aujourd'hui, il n'en saurait pas plus sur le passé agité de son aïeul.

9

Quand ils arrivèrent à la porte de Saint-Cloud, il était quatre heures de l'après-midi.

Jérémie avait baissé la vitre. Le nez au vent, il humait l'air de ce quartier qu'il connaissait bien – il avait habité plusieurs appartements dans cette partie du XVIᵉ –, il scrutait les enseignes de restaurant, les terrasses de café, les façades d'immeuble, à l'affût de quelque repère évocateur. Ce fut un fiasco. Les cafés portaient des noms anglais, les épiciers s'appelaient supérettes et les restaurants étaient devenus chinois.

Certes Jérémie était déçu de ne retrouver aucun des lieux dont il avait été familier, mais il était surtout effaré par l'étrange mutation de la faune qui peuplait son Paris.

Vue de loin, la majorité des passants semblait amputée du bras droit. Jérémie constata qu'ils avaient, en fait, le coude plié afin de maintenir leur téléphone serré contre l'oreille. Il comprit alors qu'à Paris, le portable avait quitté sa qualité d'accessoire pour devenir un appendice.

La main collée à la joue sur leur appareil miniature, les gens donnaient l'impression de souffrir d'une commune fluxion dentaire. Les lèvres en mouvement, l'œil fixe, ils se croisaient sans se voir, frôlés par les patineurs qui glissaient entre les piétons comme s'il s'agissait de piquets de slalom.

Laurent avait éteint la radio. Du coin de l'œil, il observait les réactions de son fils-grand-père parti à la chasse aux souvenirs.

– Alors, ton verdict ?

Jérémie haussa les épaules.

– Qu'est-ce que tu veux que je te dise d'une ville où les bistrots sont devenus des pubs, dont la moitié de la population a un téléphone vissé dans l'oreille, et l'autre moitié se balade en patins à roulettes ?

– Tu pourrais dire des rollers, répondit Laurent dans un sourire. Je te signale, mon cher fils, que c'est ton époque !

Jérémie esquissa une grimace.

– C'est bien ça qui m'angoisse, papa...

Dans la voiture qui avançait au ralenti, coincée dans le traditionnel embouteillage de l'avenue du Président-Kennedy – pour Jérémie, c'était toujours le quai de Passy – le père et le fils étaient redevenus silencieux.

Laurent avait rendez-vous à dix-huit heures avec son négociant en vins dont le bureau se trouvait au coin de la rue Pierre-Charron et de la rue François-Ier.

Il alla garer la voiture au rond-point des Champs-Élysées.

En sortant du parking, il lança à Jérémie :

– Tu vas voir qu'il y a encore des quartiers de Paris qui ont été préservés ! ironisa-t-il. Des quartiers où tu pourras collecter une moisson d'images de ton bon vieux temps...

Il avait à peine fini sa phrase qu'ils furent cueillis de

105

plein fouet par le visage hilare du Mickey géant qui surmontait l'entrée du Disney Store.

Jérémie eut une expression outrée.

– Comment a-t-on pu laisser ces horreurs s'installer sur la plus belle avenue du monde !

Il nota le visage amusé de Laurent.

– Qu'est-ce qui te fait sourire ?

– Je me souviens du jour où on t'a emmené ici avec ta petite sœur. Tu avais sept ans. C'était juste avant Noël. Tu ne faisais pas la fine bouche, à l'époque.

Jérémie arbora un visage pincé.

– Je n'en garde aucun souvenir.

Il conclut, de mauvaise foi :

– Et puis tu ne peux pas reprocher à un enfant de sept ans de faire des fautes de goût !

– Tu n'as donc gardé aucune image de ton enfance ? lui demanda Laurent.

Jérémie eut un geste vague.

– Si, bien sûr. Des souvenirs de gosse. Une visite au Louvre, une balade en bateau-mouche pour mon anniversaire. Des goûters avec maman et Chloé au Jardin d'Acclimatation où il y avait un mouton qui bouffait les serviettes en papier. Comme tu le vois, rien de très exaltant !

– Si je comprends bien, résuma Laurent, tes souvenirs qui remontent à l'avant-guerre sont plus vivaces que ceux d'il y a cinq ans ?

– Et comment ! dit Jérémie sur un ton d'évidence.

Il se tourna vers Laurent avec un sourire espiègle.

– Ça doit être ce qu'on appelle la mémoire sélective.

Ils continuèrent leur remontée des Champs-Élysées.

Soudain, juste après le Virgin Megastore, Jérémie tomba en arrêt devant la vitrine de la boutique Guerlain.

Il murmura, ému :

– Ça, ça n'a pas changé... On y va ?

Sans attendre la réponse de son père, il poussa la porte. Une vendeuse à l'allure sobre et de bon ton, très *Figaro Madame*, se dirigea vers Laurent qui entrait à son tour, un peu embarrassé par le culot de Jérémie. Il lui désigna l'enfant qui déambulait dans ce temple du luxe, parfaitement à l'aise au milieu de ce parterre de femmes élégantes et cosmopolites.

– Ah, je comprends, dit la jeune femme avec un sourire entendu. Il s'agit d'un cadeau pour la maman.

Elle alla rejoindre Jérémie perdu au milieu d'un troupeau de Japonaises gazouillantes. Il était tombé en arrêt devant un présentoir où trônait un délicat flacon de Mitsouko surmonté du bouchon qui figurait un cœur évidé.

– La forme est toujours la même, murmura-t-il, ému.

En professionnelle aguerrie, la vendeuse ne laissa pas paraître son étonnement devant cette réflexion saugrenue de la part d'un garçon de douze ans.

– Le flacon n'a pas changé depuis sa création, en 1919, confirma-t-elle.

Jérémie hocha la tête.

– C'était un hommage à Mitsouko, l'héroïne de *La Bataille*, le roman de Claude Farrère. Vous l'avez lu ?

– Non, monsieur. Je suis désolée, répondit-elle, de plus en plus décontenancée.

– Dommage. C'est une superbe histoire d'amour... Je peux sentir ?

— Certainement.

Elle vaporisa une bouffée de Mitsouko à l'intérieur de son poignet qu'elle présenta à Jérémie.

Jérémie l'aspira avec avidité, l'œil mi-clos. La vendeuse était troublée par le contact sensuel de cet étrange enfant qui lui étreignait la main. Par-dessus la tête de Jérémie, elle adressa un sourire mécanique à Laurent qui les avait rejoints.

Jérémie lâcha à regret la main de la jeune femme et poussa un long soupir, comme pour évacuer des souvenirs trop denses.

— Est-ce que vous avez toujours de l'eau de toilette Mouchoir de Monsieur ?

— Bien sûr. C'est un de nos plus anciens parfums.

Jérémie se tourna vers son père.

— Tu me l'offres ? Ce sera mon cadeau d'anniversaire.

Laurent acquiesça, passa à la caisse. La vendeuse remit à Jérémie le sac contenant l'eau de toilette accompagnée de l'habituel assortiment d'échantillons, parmi lesquels elle avait glissé une petite fiole de Mitsouko.

En leur ouvrant la porte, elle s'adressa à Laurent :

— Monsieur, je vous félicite pour le goût raffiné et original de votre fils.

D'un geste inattendu, Jérémie lui prit la main et posa ses lèvres à l'intérieur du poignet de la jeune femme.

— Venant d'une aussi jolie bouche, lui dit-il d'une voix pénétrée, sachez que ce compliment me va droit au cœur.

À travers la vitrine, la vendeuse suivit des yeux cet enfant qui n'appréciait que les fragrances de la Belle Époque et maniait le compliment avec l'aisance des héros de Jean d'Ormesson. Comme s'il avait perçu son regard, Jérémie se retourna et lui envoya un baiser du bout de l'index.

Elle se sentit rougir et retourna à son comptoir où la réclamaient bruyamment deux Orientales drapées dans des tchadors qui ne laissaient apparaître que des mains brunes et grassouillettes dont chaque doigt était bagué d'or.

Laurent considérait d'un œil perplexe son fils qui trottait à son côté, l'œil plein de rêve, la tignasse rousse agitée par le vent, balançant son sac Guerlain comme un encensoir.

– Plaisante, la vendeuse, tu ne trouves pas ? lança Jérémie.

– Si on apprécie le genre B.C.B.G., elle est parfaite, lui répondit Laurent, amusé.

– J'ai toujours été attiré par ce style de femmes, commenta l'enfant. J'ai remarqué que les bourgeoises cachaient souvent une nature de feu sous leur mine réservée...

– J'ai l'impression que tu as mené une vie assez agitée, pour un garçon de douze ans !

Jérémie esquissa un sourire modeste.

– Oh, il m'est arrivé d'avoir quelques bonnes fortunes...

Il se hissa sur la pointe des pieds, passa le bras autour du cou de son père, lui plaqua un baiser sur la joue.

– Tu m'as fait un cadeau royal ! Je te jure qu'à l'avenir Michaël pourra me bourrer de coups, me piétiner, je ne lèverai pas le petit doigt !

Réjoui, Laurent lui ébouriffa les cheveux.

– Je ne t'en demande pas tant ! Allez, on continue le pèlerinage.

– Allons du côté soleil. C'est plus chic ! décida Jérémie avec l'autorité d'un vieux boulevardier.

Ils traversèrent l'avenue.

À l'angle de la rue Lincoln, Jérémie laissa échapper un gémissement de douleur lorsqu'il constata que le Pam-Pam avait disparu.

Il associa dans une réprobation commune les McDonald's, Pizza Hut, Quick Burger ; en revanche, il eut un regard ému en passant devant les quelques bars qui avaient survécu à l'invasion des fast-food, comme Le Paris et Le Deauville. Lorsqu'ils arrivèrent devant le Fouquet's, le visage de Jérémie s'illumina.

– Je vais t'attendre sur la terrasse pendant ton rendez-vous. Ça me rappellera tant de bons souvenirs...

Quand Laurent revint, une heure plus tard, il trouva Jérémie attablé avec deux blondes dont les mini-shorts en jean dévoilaient les jambes bronzées.

Il les lui présenta :

– Vicky et Allison. Elles sont de Phoenix. Ça m'a fait plaisir de parler du bon vieil Ouest.

– Votre fils connaît très bien l'Arizona, confirma Vicky avec le sourire de Pamela Anderson et l'accent de John Wayne.

Jérémie glissa à l'oreille de son père :

– Ça ne t'embête pas de régler. Je leur ai offert un Coca light.

– Ben voyons, répondit Laurent en posant deux billets sur la table. Allez, viens, Casanova !

Les deux filles saluèrent Jérémie d'un double et nasillard « Bye, Jerry ! ». Il leva le bras à la Columbo et leur lança :

– *So long, girls. Enjoy your trip !*

D'un saut de côté, il mima une souple esquive de torero pour éviter un patineur.

– Ça s'est bien passé, ton rendez-vous ?

– Très bien, je te remercie, répondit Laurent, pincé. Qu'est ce que tu es allé faire en Arizona ?

Jérémie eut un geste désinvolte.

– J'étais associé dans l'exploitation d'une mine de cuivre à la frontière mexicaine. Partenaire véreux. J'y ai laissé pas mal de plumes...

Il quitta le ton blasé de l'aventurier pour adresser à Laurent un sourire enjôleur.

– Tu sais, papa, j'ai feuilleté *Pariscope* sur la table des filles : j'ai vu que Le Bœuf sur le toit existe toujours...

– Et alors ?

– Eh bien, j'ai pensé que nous pourrions y dîner.

Une onde de mélancolie traversa le regard de l'enfant.

– J'ai vécu là-bas les plus belles soirées de ma vie...

Vaincu, Laurent ne se sentit pas le courage de refuser à son fils une plongée dans ses souvenirs d'avant-guerre.

Comme il était trop tôt pour dîner, ils visitèrent deux galeries marchandes. Cela donna à Jérémie l'occasion de s'indigner lorsqu'il constata la prolifération des marques italiennes et japonaises. Ensuite ils allèrent jusqu'à la Concorde. Là, Jérémie dut concéder que la restauration récente des deux fontaines était infiniment plus réussie que « de son temps », et il ne put retenir une exclamation admirative lorsque les rayons du soleil couchant firent flamboyer l'or des tritons et les bijoux des néréides.

Il était huit heures et demie lorsqu'ils arrivèrent rue du Colisée, devant Le Bœuf sur le toit. Le graphisme de l'enseigne fit monter une expression de ravissement sur le visage de l'enfant.

À l'entrée, l'employé chargé de l'accueil leur fit barrage. Il était désolé, c'était complet. Il acceptait uniquement les clients avec réservation.

Sous l'œil déconcerté de Laurent qui se croyait pourtant rodé aux extravagances de son fils, Jérémie se lança dans une vibrante improvisation. Il évoqua son arrière-grand-père qui avait été l'un des piliers du Bœuf sur le toit dans les années trente. Dans ses carnets de souvenirs, son grand-aïeul avait laissé une dizaine de pages bouleversantes où il relatait ses soirées dans ce haut lieu des Années folles.

D'une voix tremblante où pointait le sanglot, Jérémie confia à l'homme de la réception qu'il se faisait une fête de pouvoir à son tour pénétrer dans ce sanctuaire où son arrière-grand-père avait côtoyé Jean Cocteau, Anna de Noailles, Arthur Rubinstein, Darius Milhaud et Picasso...

Médusé par l'érudition de cet enfant au visage passionné, le réceptionniste se tourna vers Laurent qui acquiesça faiblement :

– On peut dire qu'il vit dans le souvenir de son arrière-grand-père...

Compréhensif, l'homme pointa son stylo sur le registre ouvert devant lui.

– Laissez-moi votre nom. Je vais vous réserver deux couverts pour demain.

Jérémie poussa un soupir à fendre l'âme.

– Hélas, demain, nous partons pour la Guyane. Papa doit rejoindre son poste. Il est préfet.

Vaincu par le lyrisme de l'enfant et impressionné par le

statut de haut fonctionnaire du père, le réceptionniste s'adressa à Laurent blême de honte :
– On va tâcher de vous trouver une table.
Un maître d'hôtel les escorta à travers la salle.
L'enfant-aïeul promenait un regard extasié sur les miroirs gravés, les luminaires en forme de conque, les chaises aux lignes géométriques, le long bar en acajou ; autant de références à l'Art déco qui le replongeaient dans ses années radieuses.
Lorsqu'ils furent installés à leur table près du pianiste, Laurent attendit que le maître d'hôtel se soit éloigné, puis il attrapa Jérémie par le revers de son blouson.
– Je ne sais pas, lâcha-t-il d'une voix sifflante, ce qui me retient de te flanquer une bonne paire de baffes !
Jérémie lui adressa un regard offusqué.
– Allons, papa ! Tu imagines un préfet de la République giflant son fils en public ?
Il conclut :
– Le principal est qu'on ait pu entrer, tu n'es pas d'accord ?
Résigné, Laurent dut, une fois de plus, se plier à la logique désinvolte de sa progéniture.
Jérémie était aux anges, surtout lorsqu'il vit figurer sur la carte des desserts son entremets favori : des profiteroles au chocolat.
Et quand le pianiste entama *Mood Indigo*, ses yeux se voilèrent de bonheur. Le menton appuyé sur ses paumes, l'enfant commenta son lointain passé qui défilait, ranimé par la mélancolie du blues. Il évoqua les femmes qu'il avait tenues dans ses bras au son de cet air-là... ces femmes qui

adoraient choquer le bourgeois en s'installant seules au bar devant des cocktails au nom barbare, ces provocatrices bronzées aux cheveux courts qui disaient des gros mots et dansaient le swing entre elles... Pour le jeune Gascon qui n'avait connu que les bals campagnards où les couples tournoyaient au rythme de la « boîte à rêves » – c'est ainsi que l'on appelait l'accordéon –, la découverte de ce temple du jazz avait été une révélation.

Laurent l'écoutait en silence. De même que l'on ne réveille pas un somnambule, il avait appris à ne pas troubler Jérémie dès que celui-ci avait traversé le rideau perlé de ses souvenirs, et il était curieux d'en apprendre un peu plus sur la vie de son turbulent grand-père.

L'enfant était intarissable. Il décrivait à Laurent ce tout Paris cosmopolite où se côtoyaient poètes, écrivains, peintres, compositeurs, auxquels venaient se mêler des gens du grand et du demi-monde et quelques affairistes plus ou moins recommandables, flattés d'offrir le champagne à des artistes connus.

Sur l'estrade où trônait le piano à queue, tous les jazzmen qui passaient par la capitale venaient « faire le bœuf » : Noble Sissle, Garland Wilson, Leon Abbey, Sam Wooding, Benny Carter. Ces musiciens noirs, traités aux États-Unis comme des citoyens de seconde zone, étaient ici adulés et invités à toutes les tables. Il y avait également de fort bons musiciens de jazz français, les pianistes Doucet et Wiener, le violoniste Stéphane Grappelli et le génial Django Reinhardt dont Cocteau disait qu'il avait une guitare à voix humaine...

114

À ce moment, comme pour illustrer les propos de Jérémie, résonnèrent les premières mesures de *J'ai deux amours*.

Laurent leva la tête. Il rencontra le sourire de l'homme qui les avait accueillis.

– C'est moi qui ai demandé cet air au pianiste. Je pense que votre aïeul a dû croiser plus d'une fois Joséphine Baker...

Jérémie acquiesça, ému.

– Saviez-vous qu'à son retour de New York, en 1935, elle était tellement ulcérée par l'attitude raciste de ses compatriotes qu'elle a modifié les paroles de sa chanson fétiche ? Elle ne chantait plus : « J'ai deux amours, mon pays et Paris », mais « mon pays, c'est Paris » et elle se fit naturaliser française !

L'homme apprécia d'une inclinaison de tête.

– Je l'ignorais. Bravo pour votre érudition.

Il déposa sur la table un petit coffret.

– Tenez, dit-il à Laurent, un cadeau pour votre fils qui semble tellement passionné par cette époque.

Jérémie ouvrit la boîte : c'était un C.D. accompagné d'une plaquette éditée pour les quatre-vingts ans du Bœuf sur le toit. L'homme adressa à Laurent un regard attendri par-dessus la tête de l'enfant dont l'œil brillait de bonheur.

– Vous penserez à nous quand vous l'écouterez en Guyane. Passez une bonne soirée.

Ils remercièrent leur hôte qui repartit vers les autres tables.

Jérémie feuilletait la brochure, une rétrospective illustrée des grandes années du Bœuf depuis sa création en 1922, rue Boissy-d'Anglas.

115

– Tu retrouves beaucoup de visages familiers ? lui demanda Laurent, amusé de voir son fils absorbé dans la contemplation de ces personnages en noir et blanc qui semblaient sortis d'une pièce de Sacha Guitry ou d'un film de René Clair.

– Et comment ! lui répondit Jérémie.

Il lui commenta, en pointant l'index sur les photos :

– Tiens, là, c'est Maurice Sachs, homo raffiné et abject qui trottait dans l'ombre de Cocteau. Il a mal tourné au moment de la guerre. Lui, c'est Didi de Portalosa, diplomate bidon et gigolo authentique, et Gaby, sa maîtresse du moment. Ici, à côté de Coco Chanel, c'est Paul Morand avec une princesse dont j'ai oublié le nom, mais qui n'était pas sa légitime... Lui c'est Siementhal, un banquier ruiné au moment de la Dépression. J'avais racheté sa Bugatti. La femme avec le fume-cigarette, c'est Consuelo de Tarkowsky avec la journaliste Titaÿna qui rentrait de Mandchourie.

L'enfant aux cheveux rouges était entré dans l'album, rejoindre ses compagnons de fête aux particules improbables et aux prénoms exotiques. Avec eux, il revivait la fin des Années folles, les dernières années d'insouciance où l'on s'étourdissait de swing et de cocktails pour ne pas entendre les bruits de bottes.

Il poussa une exclamation.

– Tiens, la voilà, Joséphine au côté de son mari du moment, Pepito Abatino...

Brusquement, il se tut. Il était devenu livide à la vue d'une photo de groupe entourant un pianiste noir aux cheveux brillantinés.

– Qu'est-ce qui t'arrive ? s'inquiéta Laurent.

D'un doigt qui tremblait un peu, Jérémie lui désigna un des personnages rassemblés autour du piano : une jeune femme brune, au regard clair et au sourire moqueur.

– Elle se faisait appeler Marina, dit Jérémie d'une voix sourde, mais son vrai nom, c'était Marie.

Troublé, Laurent assistait à la métamorphose de son fils. Jérémie avait les yeux emplis de larmes et ne parvenait pas à détacher son regard de la photo.

Devant lui, la glace à la vanille de ses profiteroles fondait et le chocolat chaud qui les nappait avait coulé pour devenir une flaque tiède, mais Jérémie ne les voyait pas, signe évident d'une profonde émotion.

Malgré les efforts de Laurent pour relancer la conversation, Jérémie ne desserra plus les dents de la soirée.

Laurent décida qu'ils passeraient la nuit à l'hôtel. Il n'avait pas envie de prendre la route maintenant. Lorsque le veilleur de nuit du Mercure lui remit le petit rectangle de plastique qui tenait lieu de clé, Jérémie n'émit aucun sarcasme.

Le lendemain, ils partirent à sept heures afin d'arriver en Gironde pour le déjeuner.

Jérémie avait inséré son C.D. du Bœuf sur le toit dans le lecteur.

La guitare de Django Reinhardt envahit l'habitacle.

En conduisant, Laurent observait son fils du coin de l'œil.

– Cette Marie, elle a beaucoup compté pour toi ?

Le visage de l'enfant devint grave.

– C'est la seule femme que j'ai vraiment aimée. Et un jour, elle a disparu. Je n'ai pas envie d'en parler... Un an

117

et demi plus tard, j'ai épousé ta grand-mère. Je pense qu'elle n'a jamais été au courant de ma grande histoire d'amour avec Marie...

Il eut une moue fataliste.

– En tout cas, elle ne l'a jamais évoquée. C'était une femme de convenances, ta grand-mère.

– Tu lui offrais du Mitsouko ? demanda Laurent, soulagé que Jérémie soit sorti de son mutisme.

L'enfant chaussa les lunettes de soleil puisées dans la boîte à gants.

– Je leur offrais à toutes du Mitsouko !

Il reprit son attitude familière, les bras serrés autour de ses genoux tandis que l'orchestre de Coleman Hawkins entamait *Basin Street Blues*.

Il n'avait plus envie de parler. Laurent respecta son silence.

En vingt-quatre heures et cinq chansons, il avait partagé trente ans de la vie de son fils-grand-père...

Ils furent accueillis par Isabelle et Chloé qui les attendaient pour déjeuner devant quatre menus Special Big Mac.

– Alors, les garçons, ça s'est bien passé, votre petite virée ? Nous aussi, on est allées faire la fête. C'était sympa, hein, Chloé ?

Chloé grimaça un sourire sous son chapeau pointu d'Harry Potter.

Le soir, dans le lit conjugal, Isabelle était rêveuse.

– Tu sais qu'on a des enfants formidables !

Laurent se tourna vers elle, interloqué. Elle lui raconta, encore tout attendrie :

– Chloé m'a stupéfiée, pendant le déjeuner : elle m'a dit que j'avais de la chance d'avoir un bon mari qui rapporte toute sa paie à la maison sans traîner au café, et qui ne prétend pas aller à ses réunions d'anciens combattants pour s'empiffrer de salmis de palombes chez sa maîtresse ! C'est étonnant, une enfant de dix ans qui se réfère à des images de l'époque de nos grands-parents...

Elle conclut, songeuse :

– C'est peut-être le fait de vivre dans cette vieille maison de famille, qu'en penses-tu ?

Laurent répondit d'un « certainement » embarrassé. Câline, Isabelle se lova contre lui.

– C'est vrai que j'ai un bon mari... Tu ne veux pas éteindre la lumière, mon chéri ?

10

Tapi derrière la fourgonnette de la blanchisserie Garcia, l'ange guettait la porte du collège. Comme à chaque fois, le vrombissement de la sonnerie la fit sursauter. Pourtant, elle aurait dû en prendre l'habitude : cela faisait presque une semaine qu'elle venait chaque jour guetter la sortie des élèves.

D'un pas résigné, le surveillant traversa la cour pour ouvrir la grille. Et d'un coup, cet espace désert s'emplit d'une foule assourdissante d'élèves qui s'apostrophaient, se bousculaient autour du hangar à vélos, ou partaient en groupes vers le parking des cars scolaires.

Chloé était entourée de ses groupies habituels. L'ange avait appris leurs noms. Il y avait Bouchard, le gros garçon au visage chafouin qui marchait sur ses pantalons trop longs. L'autre au crâne rasé, qui parlait fort et jouait les matamores, c'était Michaël. Il était facile à reconnaître, il lui manquait les deux dents de devant.

Et, depuis trois jours, pas trace de Jérémie.

L'ange commençait à s'angoisser. Il ne lui restait plus qu'une semaine pour réparer sa bêtise. C'était le délai qu'on lui avait accordé là-haut pour remettre à zéro la mémoire des enfants. Au-delà, Chloé et Jérémie seraient condamnés, toute leur vie durant, à assumer le vécu de Marthe et Alexandre.

Et l'ange avait toutes les chances de se retrouver mutée aux archives...

Depuis son arrivée dans la petite ville, elle avait joué de malchance. À chaque fois qu'elle était sur le point d'aborder les enfants-grands-parents, une circonstance extérieure l'en avait empêchée.

Le fait de se faire passer pour une représentante en encyclopédies lui avait semblé une idée judicieuse. Cela lui permettait de pénétrer dans la famille Castejac. Ainsi, pensait-elle, elle pourrait aisément rencontrer les enfants et réparer sa bavure.

L'accueil hostile d'Isabelle l'avait contrainte à revoir ses plans.

Son seul allié était Laurent, mais il ne pouvait rien pour elle, sinon l'assurer de sa neutralité bienveillante.

Une voiture vint s'arrêter devant la porte du collège. Chloé grimpa à bord.

L'ange se dissimula prestement derrière la fourgonnette Garcia. Elle venait de reconnaître Isabelle au volant de la voiture qui passa à quelques mètres d'elle. Elle eut le temps de voir que Jérémie n'était pas à l'intérieur.

Décidément, tout se déroulait de travers dans son opération.

En poussant un gros soupir, l'ange repartit, traînant sa valise à roulettes qui cahotait sur les pavés de la rue Jean-Jaurès.

Ce qu'aurait dû savoir cet ange, pourtant au fait des dates de naissance des enfants vieillards, c'est que, le lendemain, on célébrait le treizième anniversaire de Jérémie, ce qui correspondait très précisément aux cent un ans d'Alexandre. Mais cet ange était irrémédiablement étourdi, raison pour laquelle elle n'avait jamais pu dépasser le grade de stagiaire...

Isabelle se gara devant la grande surface. Chloé avait demandé à sa mère la permission de s'occuper elle-même des courses pour le goûter d'anniversaire de son frère.

Malgré les timides suggestions d'Isabelle, elle fut intraitable. Pas question d'acheter du Coca-Cola ni aucune friandise vantée à la télévision. Pas de gâteaux glacés surgelés, pas de nounours en gélatine. Elle voulait uniquement du frais.

Sous l'œil médusé de sa mère, Chloé soupesait, flairait et choisissait légumes et fruits avec une sûreté qui provoquait l'admiration des clientes.

De retour à la maison, Isabelle dut constater qu'elle n'était pas au bout de ses surprises.

Juchée sur un tabouret pour être à la hauteur du plan de travail, Chloé prit en main les opérations. Secondée par sa mère reléguée au rôle de marmiton, elle se lança dans un festival de tourtes aux poireaux, de crêpes salées et sucrées, de charlottes au chocolat, de tartes meringuées au citron, de madeleines à la fleur d'oranger...

Lorsque Laurent rentra, il ouvrit un œil rond en découvrant le chantier qu'était devenue la cuisine. Chloé lui jeta un regard sévère et lui demanda de bien vouloir ne pas les déranger.

En essuyant du poignet sa joue enfarinée, Isabelle lui confia à mi-voix :

– C'est étonnant, les gènes... Chloé applique d'une manière totalement instinctive les recettes de son arrière-grand-tante ! Tu ne trouves pas cela fantastique ?

Laurent grimaça un sourire :

– Fantastique...

Le lendemain, par l'entrebâillement de la porte, Isabelle et Laurent assistaient au déroulement de l'étrange goûter d'anniversaire.

Pas de percussions qui faisaient trembler les vitres. Pas de dance-music, ni techno, ni rap, mais un enchaînement de tangos, paso-doble, valses et swings que diffusaient les 78-tours du grenier sur le vieux phono à manivelle exhumé de la malle d'Alexandre.

Entre les bras experts de Chloé et de Jérémie, les ados s'initiaient gravement à ces musiques d'un autre âge.

Isabelle referma la porte du salon devenu salle de bal.

Elle se tourna vers Laurent.

– Tu te souviens du jour où tu avais dit en plaisantant que pour Noël, on pourrait leur offrir la collection complète des 78-tours de Tino Rossi et de Rina Ketty ?

Il acquiesça.

– Oui. Ils ont sept mois d'avance. De vrais surdoués.

Isabelle eut un sourire attendri.

– Tu sais, je vois beaucoup d'enfants de leur âge aux parents d'élèves. Les nôtres sont peut-être un peu barjots, mais ils sont nettement plus rigolos !

– Oh, pour ça oui ! répondit Laurent dans un soupir.

Elle se serra contre son mari.

— Et si on allait dîner à Bordeaux, tous les deux en amoureux ?

Laurent passa son bras autour de l'épaule d'Isabelle.

— Et après, on ira boire un verre en boîte, pour écouter un peu de musique de jeunes.

En pouffant de rire comme deux collégiens, ils firent le tour par le jardin et s'éclipsèrent sans que les enfants les voient.

11

Comme tous les ans, à l'approche du 8 mai la même note de service atterrit sur le bureau de tous les chefs d'établissement du primaire et du secondaire.

Dans le cadre des cérémonies de commémoration de la Victoire, le ministre de l'Éducation nationale souhaitait vivement que dans les écoles, collèges et lycées, les élèves soient amenés à approfondir leurs connaissances sur la Seconde Guerre mondiale.

M. Bouffandeau, le nouveau professeur de quatrième B, était lancé dans un vibrant portrait de la France résistante, unanime dans sa lutte contre le nazisme.

Depuis un moment, Jérémie donnait des signes évidents d'agacement. N'y tenant plus, il leva la main.

– Il ne faudrait peut-être pas oublier que, pour quelques milliers de résistants, il y a eu des millions de pétainistes qui, du jour au lendemain, se sont tous retrouvés gaullistes !

Indigné par cette manifestation d'impertinence, le professeur le rabroua.

– Nous connaissons le côté frondeur de M. Castejac,

mais là, il s'agit d'événements trop graves pour être tournés en dérision.

Les rires obséquieux des élèves accueillirent sa riposte, d'autant que l'attitude arrogante de Jérémie lui avait attiré nombre d'inimitiés.

Jérémie ne se rassit pas. Il toisa le professeur.

– Et pourquoi, demanda-t-il d'une voix vibrante, ne parle-t-on jamais des profiteurs de guerre qui se sont rempli les poches avec le marché noir !

M. Bouffandeau était blême.

– Monsieur Castejac, je vous demande de vous rasseoir et de cesser de perturber mon cours !

Non seulement Jérémie resta debout, mais il promena un regard ironique sur la classe. Il continua d'une voix forte :

– Surtout lorsqu'on se trouve dans la région de Bordeaux, où les magouilles avec l'occupant ont enrichi pas mal de propriétaires de châteaux viticoles, les descendants de ceux qui avaient fait fortune avec le trafic des esclaves !

Révolté par les propos de plus en plus provocateurs de cet élève de treize ans, le jeune professeur somma Jérémie de quitter la classe.

Jérémie affronta une dernière fois du regard la vague grondante des élèves qui le conspuaient, puis il rassembla posément ses affaires et se dirigea vers la porte.

En passant devant le bureau du professeur qui l'accompagnait d'un œil hostile, il lui glissa à mi-voix :

– Méfiez-vous. À force d'enseigner le politiquement correct, vous finissez par tomber dans le révisionnisme !

Jérémie traversa la cour déserte en direction du bureau

de la Vie scolaire. Il ne se sentait pas très fier. Il imaginait l'accueil de ses parents lorsqu'il leur apprendrait son exclusion de la classe d'histoire le lendemain même de son retour au collège... Il pensait surtout à Laurent auquel il avait promis d'adopter dorénavant une conduite exemplaire. Jérémie détestait faillir à sa parole. C'était sa seule éthique.

Pourquoi avait-il eu besoin de contredire ce petit prof au lieu de le laisser débiter ses inepties ? Il n'avait jamais su contrôler ses emportements. Ça lui avait valu pas mal de désagréments au cours de sa vie agitée. S'il avait vécu quelques siècles plus tôt, il n'aurait pas cessé de se battre en duel ! Elle était dure à assumer, son ascendance gasconne...

– Monsieur Castejac, voulez-vous venir, s'il vous plaît.

Jérémie fit demi-tour.

Planté au milieu de la cour, mains derrière le dos, M. Lafargue, le principal, regardait approcher le garçon à la tignasse flamboyante. Il était intrigué par cet élève brillant dont les parents étaient venus implorer la grâce à la suite de son acte de violence inexplicable.

Il l'interpella avec cet humour caustique propre aux enseignants :

– Eh bien, monsieur Castejac, il semble que vous soyez une des stars incontournables de notre établissement, une personnalité « Méga top » comme vous dites ! Que vous arrive-t-il, cette fois-ci ?

– Exclu de la classe d'histoire, répondit Jérémie sombrement.

– Chahut ?

– Non. Désaccord.

127

Malgré sa longue pratique des réponses inattendues d'élèves, le principal marqua un temps de surprise.

– Et puis-je savoir en quoi les propos de votre professeur vous ont heurté au point de provoquer votre départ ?

Jérémie haussa les épaules. Il savait qu'une fois de plus il allait se laisser emporter, mais il ne pouvait pas lutter contre sa nature.

– Je n'ai pas du tout apprécié le cours de M. Bouffandeau sur la commémoration de la Victoire. Je trouve absurde cette manière idéalisée de présenter la France unanime dans sa résistance contre l'occupant, en passant sous silence les collaborateurs en tout genre qui ont profité grassement du régime de Vichy.

Historien de formation, M. Lafargue avait lui-même ressenti la même gêne devant cette tradition résolument gaullienne d'occulter tout ce qui pouvait nuire à l'icône de la France combattante, mais il ne pouvait désavouer son jeune professeur ni remettre en question les manuels d'histoire. Il retrouva sa dialectique d'enseignant.

– Vous conviendrez qu'il s'agit là d'un sujet épineux. Soixante ans se sont écoulés. C'est beaucoup pour une vie d'homme, mais très peu en regard de l'Histoire. On ne peut pas éternellement ressasser le passé. Laissons les plaies se cicatriser. Vous êtes contre le pardon, monsieur Castejac ?

Le visage buté, Jérémie secoua la tête.

– Je n'admettrai jamais que des gens vivent dans l'opulence grâce à des ancêtres qui ont fait le commerce du bois d'ébène, ou des parents qui ont traficoté avec les Weinführers de Goering. C'est plus fort que moi.

Lafargue était médusé par l'érudition de l'enfant à propos de cette période trouble et généralement occultée.

— Vous connaissez l'existence des Weinführers ?

— Bien sûr. C'étaient des experts chargés d'acheter des grands vins français à bas prix pour les envoyer en Allemagne où ils étaient revendus sur le marché international avec un gros profit, ce qui contribuait à financer les campagnes du Reich.

Le principal apprécia d'une moue admirative.

— Vous semblez très au fait de l'histoire du Bordelais. Votre famille est dans le vin ?

— Oh non ! répondit Jérémie dans un sourire, mais nous sommes établis dans la région depuis six générations. Mon père, pardon, mon arrière-arrière-grand-père était forgeron.

— Noble métier. Hélas disparu, commenta le principal.

Il toisa Jérémie avec curiosité, de plus en plus curieux d'en savoir plus sur ce garçon à l'intelligence aiguë qui ne présentait aucune des caractéristiques navrantes du surdoué.

— Il y a trop de soleil ici. Allons marcher sous les arcades.

Il reprit sa promenade dans la cour déserte, accompagné de Jérémie.

— Et vous êtes spécialement intéressé par la Seconde Guerre mondiale ?

L'enfant eut un geste vague.

— Disons que c'est une période passionnante... Par exemple, le bluff superbe de De Gaulle face à Churchill qui a fini par croire que ce petit général inconnu, à la tête de quelques centaines de compagnons, était le seul représentant de la France, c'est du grand art, vous n'êtes pas d'accord ?

Le principal acquiesça.

– Tout à fait de votre avis, renchérit-il, réjoui. Et Churchill est devenu l'avocat de De Gaulle auprès de Roosevelt qui considérait d'un œil méfiant ce Français arrogant.

Comme c'était le cas chaque fois que des adultes se trouvaient face à Jérémie, le principal avait déjà oublié qu'il avait affaire à un enfant.

Ils déambulaient dans le préau désert, échangeant avec passion leurs points de vue sur l'affrontement Giraud-de Gaulle, l'attitude ambiguë des Américains qui voulaient transformer la France d'après-guerre en protectorat, l'assassinat de leur homme de confiance, l'amiral Darlan, le ralliement à la France libre de l'armée d'Afrique dont les officiers avaient prêté serment au Maréchal...

Le principal était charmé de cette rencontre. Il venait de rencontrer un petit génie de l'histoire contemporaine. De la graine de Concours général !

Il confia à Jérémie que, s'il était plus âgé, il l'aurait volontiers amené à son cercle de billard pour le présenter aux membres du club.

Jérémie bondit de joie.

– Quelle bonne idée : j'adore le billard !

Le principal, retrouvant ses réflexes d'éducateur, regretta tout de suite son propos.

– Oubliez ce que je viens de dire. Ce n'est pas la place d'un enfant de treize ans...

Jérémie se lança dans une des démonstrations véhémentes dont il avait le secret :

– Il faut cesser d'avoir cette attitude rétrograde qui consiste à enfermer les enfants dans un ghetto puéril pour les empêcher d'avoir accès au monde des adultes... C'est là, justement, que le rôle du pédagogue prend tout son sens et sa noblesse !

Jérémie conclut son plaidoyer en annonçant au principal médusé qu'il rejetait dorénavant son état d'enfant et revendiquait l'appellation de A.M.P.T.

M. Lafargue ouvrit un œil rond.

– C'est l'abréviation de « Adulte Momentanément de Petite Taille », lui expliqua dignement Jérémie. Vous êtes tellement friands de sigles dans l'Éducation nationale...

Lorsque retentit la sonnerie de la récréation, Jérémie et M. Lafargue avaient scellé un compromis historique en trois points.

Article un : Le principal intercéderait auprès de M. Bouffandeau afin qu'il ne mentionne pas l'exclusion de Jérémie sur son bulletin scolaire.

Article deux : Jérémie s'engageait à maîtriser son caractère irascible et à ne plus perturber les cours.

Article trois : Le principal acceptait d'emmener Jérémie à son cercle de billard, à condition que ses notes n'en pâtissent pas.

12

Le soir, Jérémie lâcha d'un ton désinvolte que, samedi, il ne fallait pas compter sur lui pour distribuer des prospectus, passer la tondeuse à gazon ou se livrer à de quelconques tâches domestiques, car il avait un rendez-vous de la plus haute importance.

Sous l'œil intrigué de ses parents et la moue réprobatrice de Chloé – qui considérait cette désertion comme une trahison –, il annonça que M. Lafargue l'avait convié à son cercle de billard.

En apprenant ce retour en grâce, Isabelle et Laurent échangèrent un regard ému. Isabelle serra son enfant contre son cœur en lui déclarant qu'elle avait toujours su – et seule une mère peut ressentir ces choses-là – que, cette méchante crise passée, Jérémie redeviendrait son petit garçon au caractère aimable et enjoué que toutes les mamans lui enviaient.

Laurent et Chloé grimacèrent un sourire, pas convaincus par cette rédemption miraculeuse.

Le samedi après-midi, le cou ceint d'une cravate, la tignasse disciplinée à grand renfort de gel, Jérémie franchit, au côté de son principal, la porte du très sélect Billard-Club de l'Estuaire.

M. Lafargue présenta fièrement son protégé aux membres du club, parmi lesquels on comptait plusieurs notabilités de la ville. Ce jour-là, il y avait le Dr Dupoux, Me Ruffin l'huissier, le juge Bardon, Salignac l'antiquaire, Gordon l'assureur et Édouard Barbin, le propriétaire du Château Bellevue-Barbet. Tous observaient avec curiosité ce garçon dont Lafargue leur avait vanté l'exceptionnelle maturité.

Les questions fusèrent. On l'interrogea sur les sujets les plus variés : la politique, la société contemporaine, l'Europe, le vin, la chasse, le rugby. Comme d'habitude, Jérémie séduisit son auditoire par sa pertinence, son sens de la repartie et sa réflexion, bien loin effectivement de ce que l'on pouvait attendre d'un enfant de treize ans...

Bientôt Jérémie en eut assez de jouer son rôle de singe savant. Il n'était pas venu pour cela. Il avait aperçu dans la salle voisine le billard recouvert de son drap. Il y avait si longtemps qu'il n'avait pas joué. Quand il tenait encore son atelier de réparations mécaniques dans la petite ville, il faisait sa partie chaque soir avec Honoré dans l'arrière-salle du Vauban. Ensuite, à Paris, il avait fréquenté assidûment les cercles de billard qui prospéraient dans le quartier des Grands Boulevards. Plus tard, il avait aménagé une salle spéciale dans son appartement près du Trocadéro.

Il pointa du menton la pièce du fond.

– Vous n'avez pas envie de faire une petite partie ?

Les membres du club échangèrent un regard amusé.

– Vous savez que c'est un billard sans trous, lui glissa

M. Lafargue, inquiet de voir son élève se laisser à nouveau emporter par son goût de la bravade.

– Je vous remercie, rétorqua sèchement Jérémie. Je sais encore faire la différence entre un billard américain et un billard français.

Impatients de voir cet enfant se confronter à leur discipline favorite, les membres du club étaient déjà passés dans le salon voisin.

Le billard fut prestement débarrassé de sa housse protectrice et les globes de la suspension répandirent une flaque de lumière verte sur le drap.

Jérémie se dirigea vers la rangée de queues alignées dans le râtelier. Il les soupesa une à une, vérifia la rectitude des flèches, puis il fixa son choix. L'antiquaire Salignac, le meilleur joueur du club, plaça les trois billes.

– Faites attention au tapis, recommanda M. Lafargue, pas très rassuré.

Jérémie feignit de ne pas entendre la mise en garde.

– Vous jouez carambole simple, une bande ou trois bandes ? demanda-t-il en passant du bleu sur son procédé.

Un murmure de surprise salua sa question qui sonnait comme un défi.

– Commençons par une bande, répondit Salignac, charitable. À vous l'honneur.

La partie débuta. Très vite, Jérémie retrouva ses réflexes. Sous l'œil éberlué des membres du club, il enchaîna les rétros, les coulés, les piqués, les massés et finit par aligner vingt points. Salignac en fit douze. Lorsque ce fut à nouveau son tour, Jérémie se trouva face à un coup qui semblait impossible à gagner. Il demanda l'autorisation d'utiliser un tabouret car sa petite taille ne lui permettait pas de garder un pied au sol comme l'exigeait le règlement. Il se pencha sur le tapis et exécuta un piqué magistral. Sa boule sauta par-dessus la boule rouge, rebondit contre la bande, effleura la blanche et vint en rétro mourir contre la rouge. Une salve d'applaudissements salua ce point acrobatique.

Durant la partie, un nouvel arrivant était venu se joindre aux spectateurs. C'était le doyen du club, un très vieil homme de haute taille, au regard vif sous des sourcils broussailleux que l'on appelait l'Amiral. Après soixante ans de sa vie passés à bourlinguer autour du monde, il était revenu poser sac à terre dans son pays natal.

Assis sur une chaise, sa canne entre les jambes, il scrutait Jérémie avec attention.

La partie terminée, il entraîna l'enfant à l'écart et le fixa longuement en silence, puis il lui dit :

– Je n'ai connu qu'un seul type qui pratiquait ce coup. C'était mon cousin. Il s'appelait Alexandre. Il est mort depuis plus de vingt ans !

– Cela fait très précisément vingt-six ans et deux mois, corrigea Jérémie, le regard planté dans celui du vieil homme. Tu pourrais t'en souvenir, Honoré !

Le vieux ne répondit pas. Ses mains serraient si fort la canne que les jointures étaient devenues toutes blanches.

L'enfant s'approcha de lui. La bouche collée à son oreille, il chuchota d'une voix sifflante de colère :

– Et cela fait soixante-neuf ans que tu m'as piqué ma gonzesse et que tu es parti avec ma caisse !

Maintenant, le visage du vieil homme était livide.

– Si on m'avait dit, murmura-t-il, que je te retrouverais un jour dans la peau d'un gamin de douze ans...

– Treize, corrigea sèchement Jérémie.

Le principal s'approcha. Sans remarquer la tension ambiante, il prévint Jérémie que sept heures du soir venaient de sonner au clocher de Saint-Thomas et qu'il était grand temps pour lui de rentrer chez ses parents.

Le doyen eut le temps de glisser à l'oreille de l'enfant :

– Viens me voir. J'habite l'ancienne gare. Je crois qu'on a pas mal de choses à se dire...

– Pour ça oui, répliqua Jérémie, l'œil mauvais.

13

Dans la cour de récréation, Chloé attendait son frère à la sortie de la Quatrième B. Elle ignora le sourire édenté que lui adressait Michaël et toisa d'un regard méprisant le gros Bouchard qui le suivait en marchant sur ses jeans baggy. Elle entraîna Jérémie à l'écart.

– Je viens de croiser Fiona. Elle était en larmes et elle m'a jeté que tu étais un débile et un taré et que tu pouvais aller te faire foutre.

Elle conclut avec une moue offusquée de vieille lady :

– C'est délicat, le langage des jeunes filles d'aujourd'hui...

Sans répondre, Jérémie défit l'emballage d'une Chupa Chup à la cerise et enfourna la sucette sous l'œil envieux de Chloé.

– Je n'ai pas de temps à perdre avec cette petite hystérique, lâcha-t-il, sombre. Elle me gonfle !

Leur sacoche en bandoulière, ils se dirigeaient vers la sortie du collège, suivant le flot jacassant qui s'écoulait en direction des bus scolaires.

Le nez pointé hors de sa nouvelle camionnette-refuge,

l'ange ne les quittait pas des yeux. L'occasion tant attendue se présentait. Enfin elle allait entrer en contact avec le frère et la sœur qui marchaient tranquillement à quelques mètres d'elle. Dans sa précipitation, elle accrocha une des roulettes de sa valise à un pare-chocs de voiture. Elle tira violemment et fit basculer la valise qui s'ouvrit. Les encyclopédies se répandirent sur le trottoir. Elle les ramassa à la hâte et, lorsqu'elle releva la tête, Chloé et Jérémie avaient déjà rejoint le groupe qui montait à l'assaut du car scolaire.

L'ange était désespérée. Une larme glissa le long de sa joue.

Un bref coup de tonnerre retentit dans le ciel sans nuages.

Elle leva les yeux, l'air contrit.

– Je sais, admit-elle avec un geste d'impuissance. Je ne fais que des bêtises !

Deux retardataires, qui avaient partagé une cigarette clandestine dans les toilettes, couraient pour rejoindre le car. Ils échangèrent un ricanement en passant près de cette meuf qui parlait toute seule en regardant le ciel. Il faut dire qu'elle commençait à avoir une sérieuse réputation de folle, la blonde avec sa valise à roulettes qui ne ratait pas une sortie des classes.

Un peu à l'écart pour ne pas être pris dans l'habituelle bousculade, Chloé et Jérémie attendaient leur tour de grimper dans le bus.

– Je ne te comprends pas, dit Chloé. Elle est mignonne, Fiona. C'est une des plus jolies filles du collège.

Il haussa les épaules.

– Elle est complètement à la masse. Le jour de mon

anniversaire, elle m'a coincé dans la cuisine pour me montrer mon cadeau. Elle a soulevé son tee-shirt : elle s'était fait tatouer mon prénom sur le ventre ! Elle m'a dit que ça lui avait fait hyper-mal, mais qu'elle était super-fière ! Après, elle m'a embrassé en m'enfonçant sa langue au fond de la gorge. Avec son appareil dentaire. Bonjour l'extase ! Je te l'ai dit : elle est complètement jetée.

— Non, elle n'est pas jetée, corrigea Chloé, elle est amoureuse, c'est différent.

Elle poussa un soupir romantique.

— L'autre jour, à la chorale, elle m'a dit que tu étais l'homme de sa vie.

D'une manœuvre experte, Jérémie fit passer le bâton de sucette d'un côté à l'autre de sa bouche. Il rétorqua avec la moue désabusée d'Humphrey Bogart :

— Tu veux que je te dise ? Cette gosse regarde trop les séries débiles de la 6 ! Et moi, je n'ai pas envie de me retrouver en taule pour pédophilie !

— Tu sais, on va rarement en prison pour pédophilie à douze ans, répondit Chloé logique.

— Treize, corrigea Jérémie en se hissant dans le car.

— Pourquoi elle pleurait ? insista Chloé.

Jérémie se laissa tomber à sa place habituelle, sur la banquette du fond, côté fenêtre.

— Elle m'a demandé si j'avais lu son texto, lâcha-t-il, agacé. Je lui ai répondu que je ne savais même pas comment ça marchait. Elle m'a fichu une gifle et elle est partie en larmes.

Sa sucette calée contre la joue, Jérémie se tourna vers la

fenêtre, signifiant qu'il considérait l'épisode Fiona comme une affaire classée.

Durant tout le trajet, il ne desserra pas les dents. Installée à l'autre bout de la banquette, Chloé se plongea dans l'écran de sa Gameboy où elle avait réussi à amener Lucio, le petit panda, jusqu'au quatrième niveau de la montagne de jade.

Le car les déposa au bout du chemin qui menait chez les Castejac.

En marchant sur l'allée caillouteuse, Jérémie semblait préoccupé.

– Je repense à cette histoire de texto...

Il sortit son portable et le regarda comme un objet étranger.

– C'est vrai que je ne sais plus comment ça marche.

– Pourtant tu as envoyé et reçu des centaines de textos, lui rappela Chloé.

Il haussa les épaules.

– Disons que j'ai oublié !

Il shoota dans une pierre du chemin.

– Et puis, maugréa-t-il, j'en ai ras-le-bol de cette époque absurde où l'on utilise un téléphone pour envoyer du courrier ! Alors qu'il est tellement simple de mettre une lettre à la poste.

Chloé hocha la tête, compréhensive.

– Ce matin, dit-elle, à l'interro la prof a voulu que je lui cite les pays les plus pauvres d'Afrique. J'ai demandé si elle voulait parler de l'Afrique noire en général, ou uniquement des colonies françaises. Toute la classe a rigolé.

Elle m'a mis un zéro et m'a traitée de stupide provocatrice. Je n'ai toujours pas compris pourquoi...

Les deux enfants échangèrent un regard où se lisait la même inquiétude.

— J'ai l'impression que l'on ressent tous les deux la même chose, murmura Chloé.

Jérémie résuma leur sentiment commun :

— Les mémoires d'Alexandre et de Marthe sont en train d'envahir nos cerveaux.

Elle garda le silence, puis acquiesça de la tête.

— Ça fait un moment que j'ai cette sensation.

Brusquement Jérémie s'arrêta. Campé au milieu du chemin, les poings sur les hanches, il fulmina :

— Non, mais tu nous imagines avec nos corps d'enfants, condamnés à vivre au milieu d'une société dont on a perdu le mode d'emploi... On n'est pas dans la merde !

— Tu as raison, murmura Chloé. C'est une situation bien étrange...

Il ricana :

— Et tu ne sais même pas à quel point !

Elle lui jeta un coup d'œil inquiet.

— Qu'est-ce que tu veux dire ?

La silhouette d'Isabelle parut sur le seuil de la maison. Elle les appela :

— Eh bien, qu'est-ce que vous fabriquez plantés au milieu du chemin ? Allez, dépêchez-vous. Vos goûters sont prêts !

En trottant vers leur mère, Jérémie souffla à l'oreille de sa sœur :

— Retrouvons-nous ce soir au grenier.

Après le dîner, ils embrassèrent leurs parents qui s'installaient devant la télévision pour regarder un film indien sur Arte, et firent mine de se diriger vers leurs chambres.

Figés sur le palier du premier, Jérémie et Chloé attendaient que débute la musique du générique pour gravir l'escalier de meunier aux marches grinçantes.

Une douceâtre mélopée punjabi monta bientôt du salon. Les enfants entreprirent alors leur ascension en s'efforçant de synchroniser les craquements du bois avec les accords de cithare.

Dans le grenier, Jérémie replaça soigneusement derrière eux le paravent qui marquait l'entrée de leur territoire.

Chloé se cala dans un antique rocking-chair en attente d'un nouveau cannage. Jérémie se hissa sur la malle aux souvenirs, les jambes pendant dans le vide. Le silence n'était troublé que par le grincement du fauteuil à bascule et les lamentations lointaines d'une maman sikh désespérée d'apprendre que son grand garçon barbu et enturbanné était amoureux d'une hindoue...

Le regard fixé sur ses pieds qui battaient contre la paroi de la malle, Jérémie demanda :

– Tu te souviens de Marie ?

Chloé ouvrit un œil rond.

– La petite Marie, la fille du receveur des postes ?

Jérémie acquiesça. La tête renversée en arrière sur le dossier du rocking-chair déglingué, Chloé laissait remonter les souvenirs.

– Vous étiez inséparables, murmura-t-elle. C'était trop mignon. Tout le monde au village l'appelait ton amoureuse...

14

C'est en 1918, le 11 juin, juste cinq mois avant l'armistice, que Marthe vint à la ferme accompagnée d'une fillette de son âge qui venait tout juste d'arriver dans la ville voisine où son père était affecté aux P.T.T.

Marie était une enfant grave, aux longs cheveux noirs et au visage triangulaire illuminé par des yeux d'un bleu très clair. Un visage de chat planté sur un long cou.

Comme elle ne connaissait personne dans la région – elle n'avait vécu que dans la banlieue parisienne –, Marthe la prit sous son aile.

Au début, Alexandre n'accorda à Marie qu'une attention distraite. Il avait envers elle le regard condescendant que porte un adolescent de treize ans sur une gamine de dix ans. D'autant qu'Alexandre venait d'obtenir son certificat d'études, le prestigieux « certif » qui sanctionnait alors l'entrée dans le monde des adultes. Cet été 1918 marquait ses dernières vacances d'enfant. Dès le mois de septembre, il rejoindrait la cohorte de garçons et de filles qui abandonnaient pupitres et tableaux noirs pour prendre le chemin de la ferme ou de l'atelier.

Avec sa méfiance paysanne, Alexandre ne voyait pas d'un

très bon œil l'intrusion de cette étrangère dans son univers où il régnait en mâle dominant – son père était toujours mobilisé – mais la nouvelle amie de sa sœur avait également fait la conquête de sa mère. Alexandre n'eut donc qu'à s'incliner...

Chaque matin, dès que ses parents étaient partis à l'embauche – pour compléter le modeste salaire du postier, sa maman travaillait à la mairie comme employée aux écritures –, Marie venait rejoindre ses nouveaux amis.

Sous la houlette de Marthe, elle apprit à pétrir la pâte de la miche que l'on cuisait tous les trois jours dans le foyer de la forge. Elle accompagnait Marthe et sa mère au lavoir municipal où, sur fond de coups de battoir, s'échangeaient tous les potins de la petite ville. Assises côte à côte à la longue table, sous le figuier de la cour, elles reprisaient les draps et les vêtements déchirés ou cousaient des pièces au cul des pantalons d'Alexandre.

Marthe s'était fait un point d'honneur d'apprendre chaque jour à son amie un nouveau mot en « parler d'oc », cette langue alors couramment pratiquée par les gens de l'estuaire.

Durant la journée, Alexandre partait pour des expéditions solitaires et secrètes d'où il rapportait des victuailles plus ou moins licites : un lapin attrapé au collet dans les marais, une paire de palombes abattues au lance-pierres ou une anguille soustraite au carrelet d'un pêcheur à l'heure de la sieste...

Un incident vint modifier l'attitude d'Alexandre envers l'amie de sa sœur. Un matin, en se rendant chez les Castejac, Marie se fit agresser par deux garnements voisins qui la bousculèrent et la poursuivirent sur le chemin des calonges, en la traitant de « Parisienne tête de chienne, Parigot tête de veau ».

La petite fille arriva à la ferme échevelée et le visage inondé de larmes.

Alexandre avait déjà le coup de poing facile. Il administra dans l'heure une volée aux deux drôles qui avaient eu la mauvaise idée d'asticoter l'amie de sa sœur.

Dès ce jour, son comportement changea. Il se sentit investi d'une mission : protéger Marie. Pour la première fois, à la surprise de Marthe, il accepta que les deux fillettes l'accompagnent dans ses randonnées au bord de l'estuaire. C'était le temps des fruits de l'été. Fort de ses années de cueillettes sauvages, Alexandre connaissait les bons coins.

Sous l'œil admiratif des deux filles, il allait dénicher les framboises tapies sous les orties et cueillir les mûres au beau milieu des taillis de ronces.

Il grimpait sur les plus hautes branches des cerisiers et des figuiers et, lorsque, du faîte d'un arbre, il voyait le regard angoissé de Marie levé vers lui, il sentait monter une bouffée de fierté...

Quand ils rentraient en fin de journée, Alexandre avait les genoux écorchés par les épines et les cuisses rougies par les orties, mais les tabliers des deux filles débordaient de framboises, de mûres, de cerises ou de figues.

Marthe souriait sous cape en constatant le changement d'attitude de son frère aîné.

Elle épiait du coin de l'œil le regard ému d'Alexandre quand il contemplait le profil attentif de Marie assise entre sa mère et sa sœur occupées à plumer un poulet ou à couper les pommes en fines lamelles pour confectionner la tourtière.

En petite sœur compréhensive, Marthe s'inventa désormais

des tâches qui la contraignait à rester auprès de leur mère pour laisser les deux enfants seuls.

Alexandre emmena Marie à la pêche aux chevrettes, ces minuscules crevettes de l'estuaire. Il lui apprit à confectionner une trioule, le filet rudimentaire fabriqué avec le cercle d'une demi-barrique et un sac à patates tendu sur quatre lattes de bois entrecroisées. Au fond, une boulette de mie de pain imprégnée de vinaigre servait d'appât.

Ils allaient s'installer sur un peyrat – c'est ainsi, lui apprit Alexandre, que l'on appelle les estacades inclinées montées sur des pieux que l'on trouve sur les bords de la Gironde – et, assis côte à côte, ils attendaient que le jusant découvre le fond de leur filet tapissé de petites crevettes blanches.

Fascinée, Marie assistait au grand spectacle du fleuve sur lequel régnait une intense activité. On voyait glisser par dizaines les voiles auriques des gabarres qui assuraient le commerce de tous les ports de la Gironde, de Mortagne à Bordeaux.

Comme il n'y avait plus de place sur le pont surchargé, chacune remorquait son canot qui dansait dans son sillage, comme des toutous fureteurs tirent sur leur laisse.

Alexandre expliqua à Marie que l'on transportait tout dans les gabarres : aussi bien des sacs de ciment que des chevaux et des vaches, en passant par le jonc pour les vignes, le foin pour les bêtes, des tonneaux pour les hommes...

À dix heures trente très précises, précédé d'un coup de sirène caverneux, passait le vapeur à aubes de la compagnie Bordeaux-Orléans. Il laissait derrière lui une longue écharpe de fumée mauve qui restait longtemps figée au-dessus du Médoc.

Parfois un cortège de nuages aux formes tourmentées venait masquer le soleil. Alors une grande ombre traversait le fleuve pailleté qui virait au brun sombre.

Désormais, chaque fois qu'ils en avaient l'occasion, Marie et Alexandre filaient au bord de la Gironde. Ils se retrouvaient toujours au même endroit, le peyrat du premier jour. Comme tous les enfants qui s'aiment, ils s'étaient inventé un refuge. C'était leur coin de paradis.

Au début de l'automne, les vols de migrateurs se succédaient au-dessus de leur tête, en une procession de V parfaits. La tête renversée vers le ciel, Marie ne se lassait pas d'écouter son compagnon lui décrire le fantastique voyage des oiseaux qui les survolaient. Grues, pluviers, vanneaux, sarcelles, palombes, Alexandre connaissait le trajet de toutes les espèces qui survolaient son estuaire.

Il leur arrivait de rester là jusqu'à la tombée du jour. La main dans la main, ils attendaient le moment magique où le fleuve flamboyait. Cela ne durait que quelques minutes. La Gironde quittait sa teinte ocre et se mettait à étinceler comme une coulée de miel, puis, sitôt le soleil englouti derrière le Médoc, le fleuve perdait toute couleur et le paysage familier se transformait en estampe japonaise. Les carrelets sur pilotis prenaient l'allure d'inquiétantes mantes religieuses dressées sur leurs pattes grêles.

Marie était saisie d'un grand frisson et Alexandre la serrait contre lui. Elle penchait la tête pour qu'il ne voie pas qu'elle pleurait d'émotion.

Un soir, Alexandre s'étonna que Marie reste près de lui aussi tard.

— Tes parents ne s'inquiètent pas ?

Elle lui répondit, l'œil fixé sur le fleuve :

— *Tu sais, dès qu'ils rentrent, ils se mettent à table et dînent sans échanger un mot, en écoutant la pièce de théâtre à la radio. Ils ne s'inquiètent pas pour moi. Ils savent que je suis ici.*

Elle se tourna vers lui avec un regard grave.

— *Il ne peut rien m'arriver puisque je suis avec toi.*

Le cœur d'Alexandre se mit à battre très fort.

Marie posa la tête sur son épaule.

— *Ce ne sont pas mes vrais parents, murmura-t-elle. Mon père est mort au front, en 1916, dans la Somme. Mon oncle et ma tante m'ont recueillie.*

Alexandre eut l'impression qu'il venait de recevoir un coup de poing en pleine figure. Il mit un moment avant de demander :

— *Et ta maman ?*

Elle lui répondit de sa même voix calme :

— *Elle est partie quand j'avais trois ans. Mon père ne s'est jamais remarié.*

Elle se tourna vers lui.

— *Ici, c'est la première fois que j'ai la sensation d'avoir retrouvé une vraie famille...*

Elle se tut.

La plainte d'une corne de brume résonna au loin, du côté de l'île Verte.

Alexandre avait la gorge serrée et ses yeux le piquaient. Ce soir-là, ils se firent le serment de ne jamais se quitter.

Ils ne savaient pas qu'ils étaient en train de vivre leurs derniers moments de bonheur.

Au début du mois de novembre, la mère de Marthe et d'Alexandre fut prise de soudains vomissements. Elle qui n'avait jamais été malade de sa vie fut contrainte de s'aliter, les yeux brillants de fièvre. Elle ne se releva jamais.

Elle fit partie des centaines de milliers de Français fauchés en quelques semaines par la grippe espagnole. La panique de la contagion gagna la ville où des familles entières étaient décimées. Le curé administrait les sacrements à la chaîne et un simple lancer d'eau bénite accompagna le corps de la maman Castejac.

Sous un soleil pâle, le long du chemin qui menait au cimetière, s'étirait un cortège de charrettes voilées de noir où l'on avait groupé les cercueils des dernières victimes de l'épidémie. Les trois enfants marchaient au milieu de la procession silencieuse.

Deux jours plus tard, éclata la nouvelle tant attendue : le clairon venait de sonner la fin des combats.

L'armistice était enfin signé.

Au deuil succéda l'allégresse. Les cloches de Saint-Thomas qui ne sonnaient plus que le glas se mirent à carillonner à toute volée. Les drapeaux fleurirent à chaque balcon et des bals s'improvisèrent dans la ville et dans tous les villages alentour.

Dans la grande maison vide, effondrés comme deux petits vieux, chacun d'un côté de la table, ni Marthe ni Alexandre n'avaient le cœur à danser.

L'œil étincelant, Marie leur fit front :

— Pensez à votre père qui a passé quatre ans dans les tranchées. Pensez au mien qui est mort le nez dans la boue. On leur doit de célébrer un jour pareil.

Poings sur les hanches, Marie toisait le frère et la sœur.

– *Personne n'a le droit de rester chez soi le 11 novembre 1918 !*

Alexandre se leva pesamment, le regard vide. Marthe essuya ses yeux et se moucha un grand coup. Sans un mot, ils empruntèrent tous trois la route des calonges.

Dans le préau de l'école décoré de drapeaux et de lampions tricolores, les danseurs s'écartèrent, un peu mal à l'aise au passage de ces enfants en deuil qui valsaient gravement au milieu des couples.

Une semaine avant Noël, dans la petite gare pavoisée, le maire et le conseil municipal accueillirent les valeureux poilus qui regagnaient leurs foyers.

Les familles eurent la gorge serrées lorsque descendirent du train ces fantômes au regard vide, flottant dans leurs capotes bleues, musettes en bandoulière.

Le père de Marthe et d'Alexandre, le forgeron réputé dans la région pour sa jovialité et ses épaules d'athlète, était devenu un pâle bonhomme aux joues creuses et à la carcasse voûtée.

Lorsqu'il apprit la disparition de sa femme, il s'effondra en sanglots. Marthe et Alexandre évitaient de se regarder, aussi bouleversés l'un que l'autre de voir leur père pleurer.

Gazé en 1917, à Ypres, il n'était plus question pour lui de se remettre à la forge. Ses poumons brûlés par le gaz moutarde lui interdisaient le moindre effort. Il était secoué par de fréquentes quintes de toux qui le laissaient à bout de souffle et le front en sueur.

La mince pension que lui versait le ministère des Armées ne permettait pas de nourrir la famille. Alexandre se loua à des voisins pour travailler dans les vignes ou aider à charger des gabarres.

Un ange distrait

Lorsqu'il rentrait à la ferme, épuisé, la nuit était déjà tombée. Il s'installait à table où Marthe l'attendait pour servir la soupe. Ils dînaient tous les deux face à leur père silencieux, contraint de se nourrir de lait et de fruits.

Dans la cour de récréation, Marthe décrivait à Marie la rude vie de son frère et elle transmettait les messages que les deux amoureux s'adressaient tout au long de la semaine.

Le dimanche, Alexandre courait jusqu'à la Gironde où Marie l'attendait à leur peyrat. Quand il pleuvait trop fort, ils allaient s'abriter dans la cabane d'un carrelet voisin. À présent, le fleuve était presque noir et, lorsque soufflait le noroît, des vagues roulaient dans l'estuaire.

C'est dans la cabane du carrelet qu'ils échangèrent leur premier baiser. Ils se collaient l'un à l'autre, vivant éperdument le moment présent. Ils continuaient de rêver à haute voix, mais ils n'y croyaient plus.

Il était bien loin, le temps des vacances et de l'insouciance. Ils savaient tous deux que rien ne serait plus jamais comme autrefois.

Au début du printemps, blottie contre la poitrine du garçon, Marie lui annonça que son père adoptif était muté. Il devait laisser la place à un postier rentré du front.

Alexandre eut le sentiment que son cœur s'arrêtait de battre.

— Et vous partez loin ?

Marie se tourna vers lui.

— Oh oui, dit-elle. En Alsace. Ils ont besoin de fonctionnaires français dans tous les anciens territoires allemands.

— Et vous partez quand ?

— À la fin du mois.

Alexandre serrait les maxillaires. Il ne voulait pas laisser paraître son désarroi.

— Pourquoi tu ne restes pas ici ? demanda-t-il d'une voix rauque. Tu serais bien avec nous.

Elle lui caressa la tête et lui parla avec douceur, comme une mère raisonne son enfant.

— Tu es fou. Tu as déjà du mal à faire vivre ta propre famille... Et puis, même si je voulais rester, les gendarmes viendraient me chercher. Nous ne sommes que des enfants. On s'écrira tous les jours et on se retrouvera quand on sera grands...

Sur le quai de la gare, Marthe était en larmes à l'idée de perdre sa meilleure amie. Devant le postier et son épouse, Marie et Alexandre se sentaient paralysés, contraints de masquer leur déchirement que les adultes prenaient pour un simple chagrin d'adolescents.

Et le train partit. Une petite main blanche s'agita longtemps à la fenêtre. Le plus joli souvenir d'Alexandre venait de s'évanouir dans une dernière volute de vapeur bleue.

Un silence s'installa.

Chloé avait gardé la tête en arrière. Les yeux fermés, elle revivait leurs années Marthe.

— Je crois que c'est la seule fois où je t'ai vu pleurer, dit-elle. C'était ton grand amour d'enfance. Elle avait un charme si étrange, cette gosse. Je n'oublierai jamais la couleur de ses yeux. Je me suis souvent demandé ce qu'elle avait pu devenir.

La gorge nouée par l'émotion, Jérémie prit un temps avant de répondre.

– Je l'ai revue à Paris, murmura-t-il. Et elle est devenue mon grand amour d'adulte...

Chloé arrêta d'un coup le balancement de son rocking-chair. Elle projeta le torse en avant.

– Eh bien, s'exclama-t-elle, comme cachottier, tu te poses là !

– Elle m'avait fait jurer de ne pas en parler. C'était notre secret. Elle avait fui sa famille et se faisait appeler Marina.

Chloé était tout excitée par cette révélation. Ses yeux pétillaient de curiosité.

– Et comment l'as-tu revue ?

– Un soir, j'étais dans une boîte de nuit avec des amis. Ils m'ont présenté un groupe de personnes auxquelles je n'ai pas prêté attention. À un moment donné, j'ai senti une bouffée de parfum – du Mitsouko – tout près de moi. C'était une des filles de la bande. Elle a piqué dans une assiette une crevette des amuse-gueules servis avec nos cocktails. Elle s'est penchée vers moi et m'a murmuré à l'oreille : « Ça ne vaut pas les chevrettes que l'on pêchait à la trioule sur notre peyrat... » J'étais stupéfait. Elle s'est approchée d'une bougie. J'ai tout de suite retrouvé son sourire espiègle et ses grands yeux bleus. On est allés danser et on ne s'est plus quittés.

Chloé eut une réaction offusquée.

– Elle n'avait pas de petit ami ?

Jérémie balaya ce souvenir d'un geste désinvolte.

– Si, un vague affairiste magouilleur à moustaches qui s'est cru en droit de me faire une scène. Ça a été vite réglé.

– Tu lui as cassé la figure ?

– On peut dire ça.

153

Elle poussa un soupir et le fauteuil reprit son balancement.

— Je vois que la vie à Paris ne t'a pas guéri de ton fichu caractère. Et pourquoi tu ne l'as pas épousée au lieu de te marier avec... ta Betty ?

Chloé butait à chaque fois sur le prénom de sa transparente belle-sœur qu'elle avait toujours considérée comme une snobinarde incapable de faire quoi que ce soit de ses dix doigts.

— Parce qu'elle m'a quitté, répondit Jérémie, sombre.

L'œil de Chloé s'arrondit.

— Marie t'a quitté ?

— Oui. Et tu ne devineras jamais pour qui...

Il lui jeta un regard de biais.

— Pour Honoré.

Chloé poussa une exclamation incrédule.

— Honoré, le cousin Honoré que tu as fait monter à Paris pour le prendre dans ton affaire ?

— Parfaitement, le cousin Honoré. Il m'a volé Marie et, en prime, il a emporté la caisse !

Terrassée par cette avalanche de révélations, Chloé se recala au fond du fauteuil qui reprit son mouvement de bascule. Jérémie eut un sourire amer.

— Il y a plein de choses de ma vie que tu ignorais...

— Ça, s'exclama Chloé, vu la vie de patachon que tu as menée, je pense qu'il y a même un paquet de choses que j'ignore encore !

— Je vais tuer Honoré, lâcha Jérémie sombrement.

— Allons, ne dis pas de bêtises. De toute manière, il doit être mort depuis longtemps.

154

Après avoir gardé le silence afin de ménager son effet, Jérémie lâcha :

– Je l'ai revu avant-hier. Il a quatre-vingt-quinze ans. C'est ce que je voulais te dire.

Chloé arrêta net le mouvement du fauteuil. Son regard s'était empli de nostalgie.

– Le cousin Honoré... Qu'est ce qu'il avait comme charme avec ses beaux cheveux bouclés !

Jérémie la coupa, agacé :

– Maintenant, il est chauve comme mon genou. C'est un vieux salaud. Il m'a trahi. Je vais le tuer.

– Arrête de dire des bêtises. Tu imagines les titres des journaux : Drame de la jalousie. Un enfant de treize ans tue un vieillard de quatre-vingt-quinze ans parce qu'il lui a volé sa maîtresse il y a soixante-dix ans !

– Je vais le tuer, répéta Jérémie, buté. En France, les tribunaux sont cléments pour les crimes passionnels. J'obtiendrai les circonstances atténuantes. Et puis, un mineur, ça monte rarement à l'échafaud.

Chloé l'interrompit :

– Je te signale qu'il n'y a plus d'échafaud depuis plus de vingt ans dans ce pays.

Jérémie conclut, de mauvaise foi :

– Veux-tu que je te dise : c'est une belle connerie !

Venant du salon, montèrent des accords de cithare.

– Ça sent le générique de fin, décréta Chloé en s'extirpant de son fauteuil à bascule.

Jérémie se laissa glisser au bas de la malle. Campé dans son personnage de dur à cuire, il lança avec la gouaille de Jean Gabin :

155

— On a intérêt à se glisser fissa dans nos dodos avant le bisou du soir.

Ils replacèrent le paravent derrière eux et gagnèrent leur chambre respective en évitant de faire grincer les marches de l'escalier de meunier.

Deux minutes plus tard, à pas feutrés, Isabelle et Laurent venaient délicatement déposer un double baiser sur le front de leurs enfants endormis avec des sourires angéliques plus vrais que nature...

15

La tête du hamac était ficelée à l'angle de l'auvent où, par temps de pluie ou de canicule, s'abritait autrefois le chef de gare. L'autre extrémité était accrochée à la pancarte rouillée de la salle d'attente.

De l'homme couché, on ne voyait qu'une botte éculée qui se balançait au rythme du paso-doble diffusé par la radiocassette posée à même le quai.

Dans la tête de Jérémie, les souvenirs d'Alexandre défilaient le long des rails envahis de fleurs sauvages.

Le train des poilus faisait son entrée dans la gare hérissée de drapeaux tricolores. Un nuage de vapeur envahit le quai tandis que la fanfare attaquait *La Marseillaise*.

Dans cette gare fantôme écrasée de soleil, l'enfant-vieillard ressentait le même sentiment de malaise que ce soir d'hiver 1918, lorsque sa jeune sœur et lui s'étaient trouvés face à ce père qu'ils ne reconnaissaient pas.

Le coup de sifflet du chef de gare vibra dans sa tête.

Un autre train roula sur les rails fleuris. Mais celui-ci

quittait la gare. Par la fenêtre d'un wagon, une petite main palpitait comme une aile d'oiseau, d'un des oiseaux qui traversaient le ciel de l'estuaire.

Longtemps cette image avait hanté ses nuits d'adolescent. Il avait mordu ses draps pour que sa sœur ne l'entende pas pleurer.

Curieusement, sur ce quai bordé d'herbes folles, les souvenirs de Marie enfant lui revenaient avec plus d'acuité que les images de leurs trois ans de vie commune.

Et puis, un matin, il était à son tour monté dans le petit train pour se lancer à la conquête de Paris. Paris où il allait miraculeusement retrouver son amour d'enfance.

Cet amour qu'on lui avait volé.

Jérémie serrait le couteau de chasse qu'il avait pris dans la malle aux souvenirs. Il n'était pas ému à l'idée de tuer l'homme couché dans le hamac, l'homme qui lui avait volé Marie.

Honoré était parfaitement immobile. Son feutre rabattu sur le visage le protégcait des rayons du soleil. Seul signe de vie : cette jambe pendante qui scandait la musique tropicale.

— Honoré, tu m'as trahi. Je vais te tuer, dit Jérémie.

— Dommage, on avait tant de choses à se raconter, répondit le vieil homme sans bouger.

Il souleva le rebord du chapeau et jeta un coup d'œil à l'enfant.

— Tue-moi, si ça peut te soulager.

Il fut secoué d'un rire silencieux.

— À mon âge, mourir d'un crime passionnel, c'est inespéré.

Il rabattit la visière du chapeau sur ses yeux.

– Tout ce que je vis maintenant, c'est du rab. Au Brésil, un garimpeiro m'a balancé dans la flotte avec deux balles dans le ventre, pour me piquer une pépite à peine plus grosse qu'une noisette. Au Chili, mon camion a dérapé sur la route de la Cordillère. C'est un Indien qui m'a découvert cinq jours plus tard, avec trois côtes enfoncées et une jambe cassée. J'ai passé un mois à délirer sur le sol de sa cahute avec une double pneumonie en prime. Alors, tu sais, la mort...

Jérémie avait blêmi en écoutant le récit d'Honoré. Il lui demanda durement :

– Tu as osé emmener Marie dans des coins pareils ?

À nouveau, le vieux remonta son feutre du bout de l'index. Il leva un regard aigu vers l'enfant qui le toisait, le poing serré sur son couteau. Un regard dans lequel luisait une lueur amusée, comme s'il savourait le cocasse de cette situation.

– Elle était partie depuis longtemps, dit-il d'une voix calme.

– Tu veux dire qu'elle t'avait plaqué ?

– Oui, mon garçon.

En apprenant que Marie avait quitté Honoré, le visage de Jérémie s'apaisa. La fureur laissa même place à un sourire.

Le vieux parlait de sa voix égale :

– Elle a disparu un beau jour à bord du yacht d'un lord à moustaches blondes venu disputer un tournoi de polo à Buenos Aires. Depuis, je n'ai plus jamais eu de ses nouvelles.

Honoré fit passer l'autre jambe hors du hamac et se retrouva assis. Il eut un geste fataliste.

– Tu vois, elle nous a quittés tous les deux.

L'enfant lui répondit d'un ton cinglant :

– Si j'avais été là, ton Anglais, il se serait retrouvé avec son bateau autour du cou !

Honoré poussa un soupir.

– T'as pas changé, toi... Tu crois toujours aux vertus suprêmes du coup de poing sur la gueule.

– J'ai connu Marie avant toi, répliqua Jérémie. Il n'y a que ça qui l'impressionnait !

Sans répondre, le vieil homme tendit la main. Machinalement, Jérémie l'aida à se lever.

L'œil plissé, Honoré contemplait l'enfant qui tenait toujours son couteau au bout du bras.

– Mon cousin Alexandre ! Je ne t'aurais pas reconnu, malgré tes cheveux rouges...

– Moi non plus, grinça Jérémie. Tu as pris un sacré coup de vieux.

Honoré lui rétorqua, pince-sans-rire :

– Je ne peux pas en dire autant de toi !

De son geste familier, Jérémie fourragea dans sa tignasse.

– Je vous ai cherchés pendant un an. Si je vous avais mis la main dessus, à l'époque, tu aurais eu droit à deux balles dans la tête !

– J'en suis persuadé, répondit calmement Honoré.

Il se dirigea vers l'ancien guichet des billets d'où il revint avec une boîte de cigares.

– C'est pour ça qu'on a tout de suite quitté la France,

dit-il en découpant avec son ongle la bande qui scellait le couvercle.

Le visage fermé, Jérémie contemplait son cousin qui venait de s'asseoir sur un banc de bois.

— Comment as-tu pu me faire une saloperie pareille ? Je t'avais fait confiance. Tu étais au courant de toutes mes affaires !

Honoré fit rouler plusieurs *puros* entre ses doigts puis il finit par fixer son choix. Il chauffa le cigare en promenant la flamme tout le long de la cape, puis il l'alluma par une série de brèves aspirations et exhala une bouffée de fumée odorante. Il se tourna vers Jérémie.

— C'est elle qui l'a voulu.

Le visage de Jérémie se pétrifia.

— C'est Marie qui a voulu que tu l'emmènes ?

Honoré acquiesça :

— Tu lui faisais peur. Tu étais devenu d'une jalousie possessive. Tu ne supportais pas qu'un homme la regarde de trop près ou ose l'inviter à danser sans provoquer un esclandre ou une bagarre. C'est ainsi que tu l'as perdue. On ne met pas en cage un oiseau de paradis...

Il y eut un bruit de choc métallique. C'était le couteau que Jérémie venait de lâcher sur le quai. L'enfant semblait bouleversé.

— Mais elle m'aimait ! protesta-t-il.

Derrière l'écran de fumée de son cigare, Honoré hocha la tête.

— Elle était amoureuse de son petit fiancé du peyrat qui décrivait avec passion les oiseaux migrateurs et qui la serrait contre lui lorsque le soleil se couchait sur la Gironde. Pas de l'affairiste violent et cynique que tu étais devenu...

Jérémie ne répondit pas tout de suite, puis il lui demanda d'une voix enrouée :

— Comment tu as su, pour les oiseaux du peyrat ?

— Elle m'en a parlé un soir devant un coucher de soleil sur le rio de La Plata. Je crois que c'étaient ses plus jolis souvenirs. C'est pourquoi elle ne t'a pas pardonné d'avoir renié ton enfance.

Un silence s'installa. Jérémie avait le regard vide. Il renifla. Honoré sortit de sa poche un vaste mouchoir qu'il déplia et tendit à son cousin. Jérémie s'essuya le nez.

— Mieux que ça ! lui dit Honoré.

Docilement, l'enfant se moucha un grand coup. Il rendit le mouchoir à Honoré.

— Et pourquoi tu ne m'as rien dit ? questionna-t-il d'un ton de reproche.

— J'ai voulu. Elle m'en a empêché. Elle craignait ta réaction. Elle disait que tu serais capable de la cloîtrer et de te venger sur moi.

Jérémie se laissa tomber sur le banc. Assis à côté d'Honoré, il était prostré, le regard braqué vers le sol. Il murmura :

— Je ne me rendais pas compte que j'étais devenu odieux à ce point. Je l'aimais tant.

Honoré lui posa la main sur l'épaule.

— Plusieurs fois, j'ai été sur le point de t'en parler, dit-il. Je ne supportais pas l'idée de te trahir. Et puis un soir, tout a basculé.

Il se tut. Jérémie murmura encore sans le regarder :

– Continue.

Honoré se racla la gorge.

– Je l'ai retrouvée couchée dans mon lit. Là, j'ai craqué. Tu te souviens comme elle était...

Le visage enfoui dans ses paumes, Jérémie dit à voix basse :

– Je t'en prie...

Au loin retentit la sirène du bac qui reliait le Blayais au Médoc.

Jérémie releva la tête. Ses joues brillaient de larmes.

– Et moi, où j'étais pendant...

Il s'interrompit, puis reprit :

– Pendant votre première nuit d'amour ?

À nouveau, Honoré lui tendit le mouchoir. Il prit un temps avant de répondre.

– À ta partie de poker du mercredi.

Le regard fixe, Jérémie laissa défiler les souvenirs.

Chez Charlie, les pokers du mercredi étaient devenus une institution. On tirait d'abord au sort la place des joueurs. Ensuite, les six hommes posaient sur la table les liasses de billets – Charlie avait interdit les chèques – qui étaient échangés contre des jetons. La partie pouvait commencer.

Le silence n'était troublé que par l'aboiement bref des annonces et le tintement des glaçons dans les verres. Au fil des heures, la fumée des cigarettes devenait de plus en plus dense, les visages se creusaient et les piles de jetons changeaient de main. La partie se prolongeait jusqu'au petit matin, lorsque les stores découpaient la lumière en rainures blêmes qui s'étiraient sur le mur du salon. Monsieur Charlie donnait le signal

163

du dernier tour de table. L'heure des comptes était venue. Les joueurs encaissaient alors leurs gains ou réglaient la différence entre le montant de leur tapis et le nombre de caves qu'ils avaient prises.

L'haleine lourde et la paupière en berne, tous regagnaient leur voiture dans l'avenue Foch déserte où ils croisaient les derniers tapins et les premiers balayeurs.

Jérémie rompit le silence
– Et après, qu'avez-vous fait ? questionna-t-il.
Honoré eut un geste vague.
– Tu veux vraiment savoir ? C'est si loin, tout ça... Ça fait près de soixante-dix ans...
L'enfant insista, têtu :
– Pour moi, c'était hier. Raconte.
– Elle savait que j'avais les clés du coffre. Elle voulait que je prenne tout. Au début, j'ai refusé. Et puis, j'ai fini par accepter d'emporter une partie de la caisse. Elle n'a pas eu à beaucoup insister. Je savais que mes quelques économies ne suffiraient pas à lui assurer la vie qu'elle méritait ! Un être comme Marie ne pouvait pas se contenter d'une existence médiocre... Aujourd'hui, je peux bien te le dire : j'étais tellement ébloui que cette fille de rêve m'ait choisi comme compagnon de cavale que j'étais incapable de lui refuser quoi que ce soit ! Il faut dire que tu l'avais habituée à vivre sur un grand pied...
Jérémie eut une moue amère.
Honoré continua :
– On a pris un taxi jusqu'à Orléans.
– Pourquoi Orléans ?

– On pensait que, dès que tu découvrirais son absence, tu te précipiterais aux gares d'où partaient les grands express.

Jérémie apprécia :

– Bien vu. C'est exactement ce que j'ai fait. Je me suis rué gare de Lyon. Charlie a foncé gare d'Orsay avec son garde du corps. On a fouillé quatre trains, wagon par wagon ! Ensuite j'ai filé au Bourget pour voir si vos noms ne figuraient pas sur la liste d'un vol en partance. J'avais même engagé deux hommes qui avaient pour mission de contrôler les noms des passagers enregistrés à bord de tous les paquebots au départ de Marseille et du Havre... Et qu'est-ce que vous avez fait à Orléans ?

– Nous avons pris le train pour Bordeaux.

Jérémie lui jeta un regard outré.

– Tu as osé retourner là-bas avec elle !

Honoré le calma d'un sourire.

– Rassure-toi. On a passé vingt minutes dans un taxi entre la gare et le port, ça laisse peu de temps aux souvenirs...

Jérémie ne releva pas.

– Et après ?

– Deux jours plus tard, nous quittions le port de la Lune à bord du *Montevideo* en route pour l'Amérique du Sud.

– Pourquoi l'Amérique du Sud ?

– On n'était pas regardants sur la destination. C'était le premier paquebot qui prenait la mer.

Il fixa l'enfant à travers la fumée de son cigare.

– Et puis on avait peur de te voir surgir à tout moment sur le quai ! Surtout Marie. Elle n'a pas quitté la cabine

165

jusqu'au départ. Elle ne s'est calmée que lorsque le bateau a largué les amarres.

Le commissaire de bord avait été quelque peu surpris d'accueillir, deux heures avant que l'on ne retire la passerelle, ce couple qui s'embarquait pour un aussi long voyage avec si peu de bagages. Mais il avait rencontré tellement d'originaux au cours de ses dix ans d'Atlantique Sud, qu'il avait appris à ne pas poser de questions. Surtout qu'ils payaient cash une cabine de première qui lui restait sur les bras suite à une défection pour cause de décès.

Dès que le Montevideo *eut quitté le port de la Lune, Marie consentit à suivre Honoré sur le pont-promenade.*

Mêlée aux passagers venus respirer une dernière goulée de France, elle regardait défiler les rives de la Garonne. Accoudée au bastingage, elle scrutait les frêles estacades des peyrats qui pointaient parmi les roseaux de la rive.

Lorsque le fleuve s'élargit pour se transformer en Gironde, un nuage joufflu vint masquer le soleil et une grande ombre traversa l'estuaire. Comme autrefois, Marie fut saisie d'un grand frisson et sa main étreignit le bras d'Honoré qui retira sa veste et la lui posa sur les épaules. Comme autrefois, Marie baissa la tête pour cacher ses larmes.

À ce moment précis, elle sut qu'elle venait de perdre défi-nitivement son amour d'enfant.

16

– *Dakar, Rio, Santos, Montevideo, Buenos Aires...*

Marie fredonnait tous ces noms d'escale sur un rythme de tango tandis qu'elle accrochait d'un pas dansant ses robes dans la penderie. Après une dernière pirouette, elle vint se couler sur les genoux d'Honoré qui la suivait d'un œil fasciné.

– *Tu ne trouves pas que toutes ces villes ont un parfum de vanille ?*

Heureux de la voir si joyeuse, Honoré acquiesça.

Elle pointa du menton les deux placards dont les portes en miroir étaient restées ouvertes.

– *Tu vois, dit-elle gravement en contemplant leurs vête-ments pendus côte à côte. Maintenant on est comme un vrai couple !*

Honoré sentit une boule d'émotion lui coincer la gorge.

– *Je n'aime pas le mot couple, corrigea Marie avec une grimace. Ça sent le pot-au-feu du mercredi. Je préfère que l'on soit des compagnons. Ça évoque la fête. Tu n'es pas d'accord ?*

Non, il n'était pas d'accord, Honoré, mais il inclina la tête.

– *Quelle robe veux-tu que je porte ce soir, lui demanda-t-elle, la blanche ou la bleue ?*

– *La bleue,* répondit Honoré au hasard.
– *O.K. Je mettrai la blanche pour te prouver que je suis
une femme libre !*
Elle éclata de rire, lui enserra le visage de ses mains.
– *Et toi, tu seras beau comme un prince oriental avec tes
cheveux bouclés et ton bel habit noir. Tout le monde va se
demander qui est ce mystérieux jeune couple séduisant comme
une publicité pour la brillantine Roja ou les cigarettes Vizir !*
Elle ne croyait pas si bien dire.
Trois heures plus tard, lorsque Marie et Honoré pénétrèrent
dans la salle à manger des premières derrière le maître d'hôtel
qui les escortait jusqu'à leur table, toutes les têtes se retour-
nèrent sur leur passage. Leur jeunesse intriguait – ils n'avaient
pas trente ans – et la beauté de Marie séduisait les hommes
et agaçait leurs femmes. Il faut dire que, sur l'Atlantique Sud,
la moyenne d'âge des passagers était notablement plus élevée
qu'à bord des salles de bal flottantes de la Transat ou de la
Cunard qui reliaient en moins de cinq jours le vieux continent
à la côte Est des États-Unis.
À bord du Montevideo, la clientèle était composée d'habitués qui réservaient longtemps à l'avance la même cabine aux
mêmes dates et qui considéraient ces quinze jours de traversée
comme une prolongation de leurs vacances en Europe.
C'est pourquoi l'entrée de Marie et Honoré dans l'imposante
salle à manger du Montevideo fut considérée comme l'intrusion d'un couple de Martiens.
Il n'est point de lieu plus propice aux commérages qu'un
bateau où, durant deux semaines, se retrouvent confinés des
passagers désœuvrés. Dès le lendemain matin, sur le sun-deck,
le commissaire de bord fut assailli de questions à propos de ce

couple atypique que personne n'avait jamais rencontré sur la ligne. Il fut obligé de répondre qu'il ne savait rien d'eux, si ce n'est qu'ils étaient français et qu'ils avaient embarqué au dernier moment.

Bien loin d'imaginer qu'ils alimentaient les conversations du pont-promenade, Marie et Honoré se réveillaient après avoir passé leur première nuit de couple. Ils avaient déjà partagé le même lit depuis leur escapade, mais ils étaient alors dans la situation de fugitifs et tremblaient de voir la porte de la chambre s'ouvrir à la volée pour livrer passage à Alexandre, la bave aux lèvres et revolver au poing. Là, pour la première fois, ils avaient le temps de se savourer l'un l'autre, protégés par cet océan où personne ne viendrait les traquer.

Marie se leva. Elle tira d'un coup le rideau qui voilait le hublot et une ardente lumière envahit la cabine.

Le regard d'Honoré caressait le corps de sa maîtresse nue. Il était fasciné par sa silhouette androgyne avec ses cheveux noirs coupés à la garçonne qui dégageaient son long cou. Il aimait chaque partie de ce corps qu'il découvrait. Les longues jambes aux cuisses musclées et les émouvantes fossettes sur le haut des fesses.

— C'est la première fois que je découvre le jour à travers une fenêtre ronde...

Elle parlait d'une voix d'enfant, une enfant éblouie devant ses cadeaux de Noël.

— La mer brille comme un miroir. On est en route pour le bout du monde...

Marie se retourna et conclut, les yeux luisant de bonheur :
— Et j'ai un bel amant qui me plaît !

Elle plongea sur le lit et se lova contre Honoré. La coulée de soleil qui tombait du hublot les isolait comme le halo d'un projecteur.

– Ça serait fou de vivre sur un bateau qui ne s'arrêterait dans aucun port, dit-elle, songeuse. Je suis sûre que si on allait toujours vers le soleil, en remontant le temps, on ne mourrait jamais.

Honoré eut une moue.

– Il risquerait de tomber en panne de charbon, ton bateau.

Elle haussa les épaules.

– On lui mettrait une voile gigantesque.

Elle promenait la main sur le torse d'Honoré.

– J'ai faim. Tu crois que les gens nous jetteront les mêmes regards qu'au dîner ?

– Non, lui assura gravement Honoré, ce seront des regards de petit-déjeuner. Ils sont beaucoup moins intenses que les regards du soir.

Elle se mit à califourchon sur lui.

– Je te jure que s'ils continuent à me dévisager comme une bête sauvage, je me mets toute nue et je mange avec mes doigts en poussant des grognements.

– Et tu seras pendue au mât de misaine et jetée à la mer comme une sorcière. Les gens de mer sont très superstitieux !

Elle se leva d'un bond et fila dans la salle de bains.

– Mais je suis un peu sorcière ! lui cria-t-elle. Tu n'as pas remarqué que je t'ai envoûté ?

– Oh si, répondit Honoré avec un sourire de ravissement.

Ils cessèrent bientôt d'être le point de mire du petit monde des premières. La simplicité et l'amabilité des jeunes Français firent la conquête des passagers et finirent par désarmer même les plus grincheuses des Sud-Américaines.

Un ange distrait

Ils eurent l'honneur d'être placés à la table du commandant qui appréciait la spontanéité et le charme de cette jolie femme et la courtoisie de son cavalier attentif aux moindres désirs de sa compagne qu'il couvait d'un œil fervent. Cela le changeait agréablement de ses habituels compagnons de table dont l'opulence ostentatoire l'agaçait souvent.

C'étaient en général de hautains Argentins éleveurs de milliers de têtes de bétail ou de bruyants Brésiliens propriétaires de plantations vastes comme des départements français, qui revenaient de leur voyage annuel à Paris. Ils avaient fait le plein d'achats chez Cartier et chez Sulka, de déjeuners chez Prunier, de dîners chez Maxim's ou aux Ambassadeurs, de soirées à l'Opéra et aux Folies-Bergère, de spectacles en tout genre que leur avaient conseillés les concierges de leurs palaces. Ils étaient gorgés de souvenirs qu'ils ressasseraient durant un an au fond de leur estancia ou de leur fazenda jusqu'au prochain voyage...

Tous étaient flanqués d'épouses abondamment bijoutées qui arboraient à chaque dîner un modèle issu des dernières collections de Mainbocher, Lucien Lelong ou Jean Patou.

Face à cet étalage de luxe, Marie n'avait à opposer que deux robes du soir. Mais quand elle apparaissait drapée dans son péplum blanc de Madeleine Vionnet ou moulée dans son long fourreau bleu nuit de Schiaparelli, c'est vers elle que tous les regards se tournaient, et Honoré sentait monter une bouffée de fierté d'être au bras d'une aussi éblouissante cavalière.

Lors de leur troisième nuit à bord, il fit un rêve étrange. Il se tenait dix-huit ans plus tôt dans l'arrière-salle du Vauban. Alexandre venait de réussir un superbe rétro. Au moment où

Honoré se penchait à son tour sur le billard, il entendait la voix de son cousin :

— Quand je pense que tu vas me trahir un jour...

Ahuri, Honoré levait la tête. Alexandre était en train de boire tranquillement une gorgée de pineau.

— Allez, joue, lui lançait-il. Tu n'y peux rien. C'est écrit...

Honoré se réveilla en sueur. Il rencontra le regard bleu clair de Marie qui le scrutait.

— Tu as rêvé de lui, murmura-t-elle.

Il bredouilla, de mauvaise foi :

— Non, de quoi veux-tu parler ?

Elle lui caressa le front du bout des doigts.

— Tu as prononcé trois fois son nom.

Elle se leva et alla se brosser les cheveux. Le mouvement de son bras était parfaitement harmonieux. À travers la chemise de nuit transparente, la lumière du hublot dessinait chaque courbe de son corps, son dos, ses cuisses, le mouvement de sa nuque. Le miroir renvoyait à Honoré l'image des petits seins haut plantés aux boutons rose pâle. Il se rendit alors compte que Marie, elle aussi, l'observait dans la glace tandis qu'elle se coiffait.

— Tu ne me pardonneras jamais de l'avoir trahi par ma faute, lui dit-elle calmement.

Ce fut la seule fois au cours du voyage qu'ils évoquèrent Alexandre, mais il était présent à chaque moment, entre eux deux.

Le soir, au cours du dîner, le commandant régalait ses voisins des souvenirs amassés au cours de ses croisières. Il avait connu nombre de célébrités lorsqu'il faisait l'Atlantique Nord, et Marie était insatiable des anecdotes qu'il contait sans se faire prier. Les yeux emplis d'étoiles, elle l'écoutait évoquer Zelda et Scott Fitzgerald, le play-boy Porfirio Rubirosa, le prince Ali Khan toujours accompagné d'accortes secrétaires aux cheveux platine, et autres dandies cosmopolites qui traversaient la mer coupe en main et sourire aux lèvres, en échangeant les derniers potins de la Cafe Society collectés à New York, Londres ou Paris...

Marie se sentait de la même race que ces beaux oiseaux migrateurs qui fuyaient les hivers et suivaient la saison des fêtes.

— Pas de tangos ni de valses sur la ligne Le Havre-New York, commenta avec un sourire le commandant alors que l'orchestre du Montevideo entamait Mi noche triste. *Uniquement les derniers airs de jazz à la mode.*

» Nettement plus calme, la clientèle du Montevideo. *C'est du cossu, du respectable. Plus reposant, mais cela manque d'un brin de folie,* confia-t-il aux deux Français avec, dans la voix, le regret attendri de son Atlantique Nord.

Un des passagers avait pris Marie et Honoré en amitié. C'était un Brésilien pittoresque et chaleureux. Géant bedonnant à l'œil globuleux et au sourire d'enfant, Otelo da Costa possédait plusieurs milliers d'hectares de plantations de canne à sucre dans le Pernambouc.

Comme beaucoup d'hommes paresseux, il avait épousé sa cousine. Matilda était une femme dont l'immense fortune n'avait d'égale que la sereine laideur. Le nez long surplombait une bouche figée en une perpétuelle moue dédaigneuse qui évoquait les aristocrates de Goya. La commissure de ses lèvres

173

était ombrée d'un fort soupçon de moustache. Ses avant-bras étaient également recouverts de poils noirs.

Le soir, allongée au côté de son amant, Marie murmura, songeuse :

— Je suis sûre qu'elle en a aussi sur les jambes.

Honoré eut une grimace.

— Tu ne pourrais pas trouver un sujet un peu plus romantique que les poils de cette momie endiamantée ?

Elle se tourna vers lui, réprobatrice.

— Donc, tu ne trouves pas étonnant que cette femme qui porte des robes des plus grands couturiers, des bijoux de Cartier et Boucheron soit velue comme un singe ?

Honoré poussa un soupir.

— Veux-tu que je te dise ? Je m'en fiche complètement !

— Je suis sûre qu'il y a une raison, insista Marie, têtue. Je vais en parler au commandant.

Honoré réagit violemment :

— Tu es folle... Tu ne vas pas faire ça !

— Je vais me gêner.

Elle vint au-dessus de lui. Les mains plaquées sur les épaules d'Honoré, elle le nargua de son regard de chat.

— Il ne peut rien me refuser.

— Tu es une allumeuse.

— Parfaitement.

Elle fit taire ses objections en plaquant ses lèvres sur les siennes et ils roulèrent l'un sur l'autre.

Le lendemain, dans le bar-fumoir, ignorant délibérément les coups d'œil furieux que lui lançait son amant, Marie prit à part le commandant et lui posa la question qui la tarabustait.

174

Un ange distrait

Le visage du commandant se fendit d'un sourire.

– Effectivement, répondit-il, cette pilosité ostensible n'est pas due à une négligence, mais bel et bien à une tradition qui remonte au temps béni des colonies. C'est un signe d'appartenance à la casta superior, *une manière pour les femmes de la bonne société sud-américaine d'affirmer leur ascendance espagnole ou portugaise face aux Indiennes qui, elles, sont imberbes...*

Marie lança un regard triomphant à Honoré.

Matilda n'apparaissait pas de la journée. On ne la croisait jamais sur le pont-promenade ni, a fortiori, sur le sun-deck car elle craignait que l'exposition au soleil ne souille d'un hâle trivial la pâleur de sa peau.

Otelo avait donc jusqu'au crépuscule pour laisser libre cours à sa faconde. Accoudé au bar devant une vodka orange – que le barman avait pour mission de renouveler dès que son verre était vide –, il racontait à ses amis français des anecdotes pittoresques sur le peuple de Rio, ces Cariocas à la fois frondeurs et superstitieux, hâbleurs et candides. Brusquement, il assena une grande tape sur l'épaule d'Honoré.

– Vous devez connaître mon pays. Venez donc à la maison tous les deux. Vous ne nous dérangerez pas. Il y a une vingtaine de pièces ! Dans un mois, c'est le carnaval ! Vous verrez une fête à l'échelle d'une ville entière...

Ravi de son idée, il commanda d'un claquement de doigts trois vodkas orange.

Il leva son verre pour célébrer cette initiative.

– Boas-vindas no Brasil ! *Bienvenue dans mon pays !*

Un peu angoissés à l'idée de cohabiter avec l'austère Matilda, Marie et Honoré lui répondirent qu'ils craignaient d'importuner son épouse. Otelo eut un geste d'insouciance.

175

– *Ne vous inquiétez pas pour Matilda. Elle passe toute la saison chaude dans notre maison de Petropolis. C'est à une heure de Rio dans la montagne. Il y fait plus frais et cela permet à ma tendre moitié d'éviter la période du carnaval qu'elle trouve nettement trop bruyante et colorée pour son goût.*

Le soir, au dîner, Matilda accueillit l'annonce de leur invitation d'un hochement de tête et sur ses lèvres minces se dessina même l'esquisse d'un sourire. Le visage d'Otelo s'épanouit.

– *Vous voyez ! Je savais bien qu'elle serait ravie.*

17

Deux jours plus tard, le Montevideo avitaillait à Dakar et, le surlendemain, le paquebot atteignit l'équateur.

L'équipage donna la fête traditionnelle au cours de laquelle Neptune et Amphitrite baptisent à grands coups de seaux d'eau de mer les néophytes – ainsi appelle-t-on les matelots qui n'ont jamais passé la ligne.

Tous les passagers se retrouvèrent sur le pont pour contempler la première nuit australe. Le commandant désigna à Marie et Honoré quatre étoiles qui brillaient d'un éclat intense au milieu d'un poudroiement doré.

– C'est la Croix du Sud. L'amas de petites étoiles que vous voyez dans son sillage est appelé la Boîte à bijoux.

Il leur glissa à mi-voix pour ne pas être entendu des autres :

– Ce sont bien les seuls bijoux que nos compagnes de voyage ne pourront jamais se faire offrir !

Marie ne put retenir un éclat de rire qui vrilla dans la nuit somptueuse et fit se retourner quelques passagers surpris.

Les deux jours suivants, le Montevideo longea les côtes brésiliennes. Entre Recife et Bahia, s'étirait un ruban ininterrompu de forêt tropicale.

L'air de la mer ne parvenait pas à tempérer la touffeur qui contraignait les passagers à se réfugier dans les salons où des batteries de ventilateurs tournaient à plein régime.

Lorsque le commissaire de bord apprit que Marie et Honoré avaient l'intention de terminer leur voyage à Rio, son visage s'assombrit : il les avait inscrits sur la liste des passagers qui débarquaient à Buenos Aires et rien n'avait été prévu auprès des autorités portuaires brésiliennes.

De son geste de prestidigitateur, Otelo claqua les doigts, faisant scintiller l'émeraude qui ornait son auriculaire.

– Sem problema ! J'en fais mon affaire. Le président Vargas est un de mes amis intimes !

Enjoué, il confia aux Français :

– J'ai fait partie du comité de soutien qui a financé sa campagne !

Le lendemain matin, le paquebot fit son entrée dans la baie de Guanabra. L'humidité et la chaleur étaient oppressantes.

Otelo était venu rejoindre ses amis français accoudés au bastingage.

– Depuis trente ans que je fais ce voyage, j'ai à chaque fois les larmes aux yeux lorsque le bateau pénètre dans cette baie !

Il désigna fièrement le Christ qui dominait la jungle sombre du Corcovado.

– Il est beau, hein, notre Jésus tout neuf... C'est un Français qui nous l'a fait, Landowski. Vous voyez, vous êtes un peu chez vous !

Puis se déroula tout le cérémonial qui accompagne l'accostage d'un paquebot : la visite du bateau sanitaire, la prise en

178

main des commandes par le pilote portuaire, les manœuvres d'appontage, l'installation de la passerelle sur le quai noir de monde, les adieux des passagers.

Le commandant baisa les doigts de Marie, serra longuement la main d'Honoré.

– J'ai été heureux de vous avoir à bord. On ne se reverra plus. C'est mon dernier voyage avant la retraite.

Il hésita, puis conclut avec une note de mélancolie :

– Merci de votre jeunesse.

Et il retourna se livrer à ses civilités de commande.

Dimitri Korsakoff, bel homme d'une cinquantaine d'années au crâne rasé qui avait été le voisin de Marie et Honoré à la table du commandant, prit à part le couple de Français.

– Vous serez vite lassés de la vulgarité et de la futilité des Brésiliens, c'est un peuple de danseurs, dit-il en leur glissant sa carte. Méfiez-vous des buveurs de rhum. Je vous attends en Argentine. Vous connaîtrez un pays fier et raffiné. Des Européens du bout du monde...

D'une sèche inclinaison du buste, il salua Otelo venu chercher ses amis pour rejoindre la file des passagers déjà engagés sur la passerelle.

Dès leur arrivée à terre, Marie et Honoré eurent confirmation du prestige d'Otelo lorsque le chef de la police du port accourut pour accueillir le couple da Costa.

Otelo lui glissa quelques mots en désignant ses invités. L'officier héla d'un claquement de doigts – geste apparemment familier dans la région – un de ses subordonnés qui s'empara des deux passeports français et les rapporta quelques minutes

179

Un ange distrait

plus tard abondamment tamponnés par les services de santé, de l'immigration et des douanes.

Un file de rutilantes automobiles attendait les passagers du Montevideo.

Deux chauffeurs en livrée vinrent s'emparer des bagages du couple da Costa. Otelo marqua un temps de surprise lorsqu'il vit que les Français n'avaient que deux valises.

— Mon épouse devrait en prendre de la graine, soupira-t-il tandis que les chauffeurs arrimaient leurs malles-cabines sur les porte-bagages des deux voitures venues les chercher.

Après de brefs adieux, une des limousines emporta Matilda vers les montagnes.

Elle avait hâte de montrer ses nouvelles robes de Paris à ses amies poilues...

Otelo installa ses invités dans son hôtel particulier qui dominait la baie. Il était tout joyeux de leur faire découvrir sa ville en pleine effervescence, avec ses gratte-ciel tout neufs comme à New York et ses larges avenues comme à Paris.

Le soir même, il les initia à la caipirinha, le cocktail secret des Brésiliens, que confectionnait comme personne son fidèle Mario, le barman du Copacabana Palace, le plus prestigieux hôtel de toute l'Amérique du Sud.

— Encore l'œuvre d'un architecte français, commenta Otelo. Il a pris modèle sur les palaces de votre Côte d'Azur : le Carlton et le Negresco...

Le lendemain, il les emmena dans un restaurant populaire du vieux quartier de Lapa où ils dégustèrent une succulente feijoada dans des marmites en terre.

— Ça, c'est un plaisir dont je suis privé lorsque ma tendre

épouse est là, lâcha-t-il en léchant ses doigts dégouttants de sauce.

– *Pourquoi, lui demanda Marie, elle n'aime pas ?*

Cette question ingénue déclencha un grand rire chez Otelo.

– *Savez-vous qu'à l'époque coloniale la feijoada était le plat que les nègres préparaient avec les abats dont les maîtres ne voulaient pas ! Vous imaginez Matilda assise sur un tabouret devant une table sans nappe pour manger un plat d'esclaves ?*

Cette évocation saugrenue provoqua un double fou rire chez les deux Français. Ils éprouvaient une vraie sympathie pour leur hôte tout aussi à l'aise au milieu du petit peuple des Cariocas que dans les salons Art déco de l'avenue Atlantica.

Un matin, alors qu'ils se promenaient le long de la plage de Copacabana, Marie s'extasia sur le ballet des cerfs-volants multicolores tirés par des enfants bruns qui couraient le long de la mer. L'œil d'Otelo se plissa.

– *Émouvante naïveté des visiteurs, dit-il dans un sourire. Figurez-vous que ces innocents cerfs-volants permettent aux gamins qui sillonnent les plages de communiquer avec leurs grands frères des favelas et de les tenir informés des moindres mouvements de la police.*

Le menton posé sur les poings, Marie écoutait passionnément les légendes populaires des Amérindiens et des anciens esclaves que leur révélait Otelo avec son bel accent chantant :

– *Après un orage, lorsque la pluie a lavé la montagne, un garimpeiro découvre parfois sur les rives du rio de Garcas, la rivière des Hérons, une pierre qui luit d'un éclat intense.*

» L'homme tombe à genoux et se met en prière car il vient de trouver un diamant de la foudre et il sait que celui-ci provoquera sa fortune et sa mort.

Marie fut saisie d'un frisson lorsque Otelo lui apprit que ces diamants trop parfaits sont appelés les Larmes de la Vierge car ils conduisent à la tombe tous ceux qui veulent s'en emparer.

Otelo leur conta aussi l'étonnante histoire du boto, *ce dauphin rose de l'Amazone qui happe d'un coup de mâchoires les petits singes égarés sur les basses branches des arbres de la mangrove. Les jours de fête, il se transforme en jeune homme coiffé d'un chapeau blanc et fait danser les plus jolies Indiennes du village.*

Otelo concluait en éclatant de son rire sonore :

— Lorsqu'une fille célibataire se retrouve avec un ventre rond, on dit qu'elle porte un enfant du boto et, avant chaque bal, on met les vierges en garde : Attention que le boto ne te donne un baiser !

Marie était prompte aux larmes et avait le rire facile. Comme une enfant, elle adorait tout ce qui exhalait un parfum d'ailleurs...

Et vint le temps du Carnaval qui s'ouvrait le premier dimanche de février et durait toute la semaine du mardi gras.

Des collines – les morros *– alentour, descendait le battement obsédant des écoles de samba qui répétaient dans les favelas perchées sur les hauteurs. Comme cette ville était en pleins travaux, la trépidation des marteaux-piqueurs se mêlait au martèlement des tambours et cela donnait une symphonie ininterrompue qui était relayée des chantiers aux morros.*

Plus la date approchait, plus la rumeur montait. Ce crescendo que, maintenant, on entendait même la nuit, prenait des allures incantatoires.

Les tambours se répondaient d'une colline à l'autre, comme les pulsations du cœur de tous les morros qui ceinturent Rio : morro de Mangueira, morro de Babilonia, morro de la Providencia.

— Je vous l'avais bien dit, souriait Otelo, cette ville devient folle. Elle est possédée.

Et arriva la nuit du Carnaval.

Sous une pluie de confettis, au milieu de gerbes d'étincelles, apparurent dans l'avenue du Président-Vargas les premiers carnavalescos. Sarabande de plumes, de paillettes, de masques grimaçants, de corps à demi nus, de pieds battant le sol, de mains frappant sur les tambours. Comme une macumba gigantesque.

Honoré s'interrompit et se tourna vers Jérémie.

– Marie t'avait parlé de sa mère ?

Jérémie leva les yeux, étonné de cette question soudaine.

– Une fois, quand on était enfants. Elle m'a dit que, lorsqu'elle avait trois ans, sa mère avait quitté la maison. Curieusement, elle ne semblait pas lui en vouloir. Ensuite, elle ne l'a plus jamais évoquée.

Honoré avait hoché la tête.

– Elle ne m'a parlé qu'une seule fois de sa mère. C'était la nuit du Carnaval.

Marie était fascinée par ce ballet fantastique. Son corps se balançait au rythme des batteries. Elle semblait hypnotisée par les danseurs aux yeux fous, ivres de rhum et surexcités par les inhalations de leurs pipettes d'éther.

Soudain elle se débarrassa de ses chaussures et courut rejoindre le défilé. Les bras relevés, les pieds frappant le sol, le menton haut, le regard brillant, elle tournait au milieu des carnava-lescos, seule danseuse blanche parmi le flot des visages sombres descendus des montagnes.

Inquiet, Otelo fit signe à Honoré qu'il fallait aller la cher-cher. Ils entrèrent dans le cortège et parvinrent à tirer Marie hors de la marée assourdissante.

Le visage et les épaules de la jeune femme étaient luisants de sueur.

La tête appuyée sur l'épaule d'Honoré, elle murmura :

— Je me sens si bien. J'ai retrouvé mes racines.

Honoré avait peine à l'entendre dans le grondement.

— Que veux-tu dire ?

Dans la nuit flamboyante, les yeux de Marie semblaient phosphorescents.

— Ma mère était une gitane.

Elle désigna la parade qui s'écoulait.

— Eux et moi sommes de la même famille. Des pauvres qui n'ont que leur musique pour richesse. Des exclus qui devien-nent les rois d'une nuit...

Honoré se tut.

Jérémie murmura :

— Marie était gitane...

— Oui, et elle en était fière. Elle m'avait raconté qu'un jour, elle avait alors quatre ans, elle était rentrée chez elle à la nuit tombée. Son père qui passait ses soirées face à sa bouteille l'avait brutalement interrogée sur les raisons de ce retard. Elle avait répondu qu'elle avait suivi la parade du petit cirque qui traversait la ville. Son père était devenu cramoisi de fureur. « Tu appartiens bien à la race de ta gitane de mère, lui avait-il jeté. Toi aussi, tu vas partir avec les gens du voyage ! Vous n'êtes que des enfants de la poussière ! »

Honoré conclut :

– Elle adorait ce terme. Elle le revendiquait, même.

– Une enfant de la poussière, répéta Jérémie. Cela éclaire son comportement. Je lui ai demandé de décorer notre nouvel appartement suivant son goût, elle m'a répondu qu'une maison n'était qu'un lieu de passage. On devait pouvoir emporter son univers dans une valise, disait-elle. Elle détestait posséder. Cela m'enrageait. Elle n'avait aucun sens de la valeur des choses. Elle ne faisait pas la différence entre un châle en coton et un bijou de Cartier. Tout ce qu'elle aimait, c'étaient les voitures.

Honoré commenta :

– Parce que c'était un moyen d'évasion, comme une roulotte de gitans...

Il esquissa un sourire.

– C'est agaçant, hein, une femme insaisissable...

Jérémie acquiesça, le regard tourné vers la Gironde.

– Elle ne supportait pas de rester au même endroit. Elle avait toujours soif d'ailleurs.

Honoré avait, lui aussi, l'œil perdu dans le vide.

– Elle courait après le soleil, murmura-t-il.

Unis par l'évocation de leur amour commun, le vieux et l'enfant se turent, envahis par des souvenirs qu'ils croyaient enfouis.

Brusquement retentit une allègre musiquette. Jérémie mit la main à sa poche et y puisa un portable sous l'œil sévère d'Honoré.

— Tu t'es mis à ces saloperies, toi aussi !

Le téléphone collé à l'oreille, Jérémie lui lança un regard impuissant.

— Oui, dit-il dans l'appareil. Je n'avais pas vu l'heure. J'arrive tout de suite.

Il replia le portable qu'il glissa dans sa poche.

— Il faut que j'y aille. Je vais me faire engueuler. Tout le monde est à table.

Honoré lui jeta un regard narquois.

— Ah, c'est vrai que tu as une famille !

— Eh oui, répondit Jérémie en se dirigeant vers son vélo.

— Et c'est quoi, ta famille ?

— Un fils qui est également mon grand-père. Un con. J'ai un petit-fils qui est mon père, un brave type, un peu dépassé par les événements et sa femme, ma mère, sympa mais épuisante. Elle veut sauver les loups et fabriquer de l'électricité avec des moulins à vent.

Honoré leva les yeux au ciel.

— Ah, les écolos !... Ceux-là, on a vraiment l'impression qu'ils ont inventé la nature !

Juché sur sa bicyclette, Jérémie acquiesça.

— Je ne te le fais pas dire.

— Ah, au fait, dit Honoré, je te présente mes condoléances pour la mort de Marthe. C'était une chic fille, ta sœur.

Jérémie lui répondit, rigolard :

— Elle va très bien. Elle est réincarnée comme moi. Elle a dix ans, maintenant.

Le vieux caressa pensivement son crâne chauve.

— Eh bien, ça doit être un beau bordel, là-haut ! Allez, à plus. Tu reviens quand tu veux.

Jérémie s'éloignait. Il leva un bras en signe d'adieu.

– Tu as oublié ton couteau, lui cria Honoré.

– Utilise-le comme coupe-cigares ! lança Jérémie avant de disparaître au coin du chemin.

18

Suivi de sa gafounette – sobriquet donné familièrement aux G.A.F., les auxiliaires féminines de la gendarmerie –, le gendarme Campanella s'approcha du surveillant chargé de la sortie du collège qui avait alerté la brigade.

– Cela fait quatre jours que j'ai repéré son petit manège, dit le pion. Elle reste là, tapie derrière la camionnette, à guetter la sortie des élèves. À mon avis, elle a le profil type de la mère frustrée qui cherche à kidnapper un enfant. Ou alors c'est une *dealeuse*...

Il se pencha vers le gendarme, un rien salace :

– Peut-être même qu'elle est chargée de draguer pour alimenter un réseau pédophile...

Campanella toisa sévèrement le petit barbu à queue-de-cheval :

– Chacun son boulot. Vous surveillez vos élèves et nous on fait notre enquête, d'accord ?

Il pointa du menton le calicot « Éducateurs, parents, tous ensemble. Ne laissons pas le gouvernement prendre nos enfants en otages ! ».

– Vous nous préparez encore une petite manif ?

Vexé de s'être fait rabrouer, le pion répondit d'un ton sec :

— Le préavis de grève a été déposé conformément à la législation du code du travail.

Et il tourna le dos au moment où vrillait la sonnerie de sortie des classes.

Les deux gendarmes se dirigèrent vers l'ange qui, le regard braqué vers la cour du collège, ne les avait pas entendus arriver.

Campanella laissa sa jeune collègue procéder au contrôle d'identité. Cela faisait partie de sa formation.

Comme on le lui avait enseigné au centre d'instruction de Tulle, la gendarmette mit la main à la visière de la pimpante casquette type golf qui faisait partie de la dotation vestimentaire pour les missions de terrain.

— Bonjour, madame.

L'ange sursauta et se retourna d'un coup. Elle pâlit en se trouvant face aux deux uniformes.

— On peut savoir, lui demanda la gafounette, ce que vous faites à la sortie de cet établissement ? Vous avez des enfants scolarisés ?

L'ange secoua la tête.

— Oh non, répondit-elle, offusquée par cette idée saugrenue.

Campanella avait été formé à l'ancienne : un gendarme savait encore trousser un compliment à une jolie femme, pas comme ces ordinateurs à képi de la génération informatique qui ont une puce à la place du cœur.

— Il faut dire que madame est bien jeune pour avoir de grands enfants au collège, dit-il, la moustache avenante.

189

La gafounette se mordit les lèvres pour masquer son agacement devant ces mignardises de vieux macho et reprit son interrogatoire :

— Vous pourriez nous ouvrir votre bagage, s'il vous plaît ?

D'une main tremblante, l'ange tira la fermeture Éclair de sa valise à roulettes. Les deux gendarmes se penchèrent sur les épais volumes.

— Ce sont des encyclopédies, fit l'ange.

Le gendarme et son adjointe échangèrent un coup d'œil perplexe.

— On peut voir vos papiers ? demanda la gafounette.

L'ange ouvrit de grands yeux.

— Quels papiers ?

Campanella restait cantonné dans son rôle d'observateur, curieux de voir comment sa jeune collègue allait se tirer de cette situation.

— Carte d'identité, passeport, livret de famille, livret militaire, carte d'électeur ou de Sécurité sociale, ou bien carte de séjour ou certificat d'hébergement si vous venez d'un pays qui n'est pas membre de la Communauté européenne, récita d'un trait la gendarmette qui avait bien appris ses cours.

L'ange secoua la tête.

— Je n'ai pas ça.

— Tout le monde a des papiers, trancha la gafounette.

Le gendarme était ému par le désarroi qu'il sentait monter chez cette jeune femme blonde. Il lui demanda doucement car — répétait-il souvent aux jeunes recrues — la suspicion n'empêche pas l'urbanité :

— Vous les avez peut-être laissés chez vous. Avez-vous

une justification de domicile ? Cela tient lieu de papier d'identité.

— Je n'ai pas de domicile, répondit l'ange dont le menton tremblait.

— En plus ! commenta la gendarmette qui flairait sa première affaire juteuse.

Soudain le visage de Campanella s'éclaira :

— Mais je vous ai déjà vue, vous n'étiez pas à la parade gay, samedi ?

— Si. J'étais sur un char et je jetais des fleurs.

— Vous étiez en ange avec des ailes dorées ?

— Bien sûr ! répondit l'ange, tout heureuse d'avoir été identifiée.

La gafounette sentit son jeune cœur battre à l'accéléré. Ainsi, cette S.D.F. sans papiers, prévenue de pédophilie, s'affichait avec ces homos déjantés qu'ils avaient mission d'encadrer. Le dossier à charge se nourrissait à vue d'œil.

— Qu'est-ce qu'on fait ? demanda-t-elle en lançant un regard gourmand à son supérieur.

— Vous allez nous suivre à la brigade, décida Campanella en poussant un soupir. On va dresser un procès-verbal de vérification d'identité.

Galant, il prit la poignée de la valise à roulettes et ils escortèrent l'ange jusqu'à leur véhicule de service.

Un coup de tonnerre retentit.

Surpris, les deux gendarmes levèrent les yeux vers le ciel bleu azur.

L'ange les rassura d'un sourire penaud.

— C'est pour moi.

La gafounette pinça les lèvres.

– Et en plus, elle se fout de nous.

Campanella haussa les épaules avec lassitude et s'installa au volant. Sans le zèle juvénile de son adjointe, il ne l'aurait jamais embarquée, cette blonde effarouchée qui lui rappelait une Suédoise de sa jeunesse. C'était en 76 au camping de Biscarrosse. À ce souvenir, Campanella sourit dans sa moustache. Une sacrée bouffeuse de santé, cette Ingrid. Bon Dieu, que c'était loin, tout ça...

Il voyait le visage enfantin de l'ange dans le rétroviseur. Elle devait avoir le même âge que la gendarmette assise à côté de lui.

Quelle connerie d'aller s'enfermer à la brigade, dans leur bureau sans clim par un beau temps pareil ! Pour passer une heure à pianoter sur le clavier de cette saloperie d'ordinateur avec le nouveau programme d'aide à la procédure auquel il ne comprenait rien. Et tout cela allait donner un procès-verbal de plus à classer dans les archives... De toute manière, il avait bien l'intention de laisser la petite se charger de la besogne.

Les mains courantes et les rédactions de P.V., il n'y a pas mieux pour la formation des jeunes.

Sans se faire prier, la gafounette s'installa devant l'ordinateur avec la mine recueillie d'une concertiste qui s'apprête à entamer un prélude de Chopin.

L'interrogatoire débuta mal. À la première question sur son identité, l'ange répondit :

– Je suis un ange.

La gendarmette resta les doigts en l'air au-dessus du clavier. Elle se tourna vers Campanella.

– Qu'est-ce que je mets ?

Il haussa les épaules.
– Tu mets : ange.
Elle grommela en tapant.
– On sait bien que les clandestins ont l'habitude de détruire leurs papiers en arrivant dans la Communauté.
Elle demanda, se référant à l'aide à la procédure :
– Pays d'origine : Burkina, Congo, Mali, Maroc, Sénégal ?
Devant l'absence de réponse, elle leva les yeux et force lui fut de constater que l'ange n'avait pas le type africain.
Campanella eut du mal à réprimer son irritation face à cet élémentaire manque de discernement.
– Madame viendrait plutôt d'un pays de l'Est, corrigea-t-il en lorgnant les genoux de l'ange qui venait de croiser les jambes.
La gafounette se justifia, la mine renfrognée :
– Moi, je ne voulais pas tomber dans le délit de faciès.
Campanella ne répondit pas. Il était sous les pins de Biscarrosse. Astrid aussi avait de longues jambes aux genoux fins. Des jambes de basketteuse. Basket ou handball ? Il avait oublié. En tout cas, il ne fallait pas lui en promettre à celle-là !
La gendarme auxiliaire avait repris la lecture du questionnaire.
– Vous arrivez d'Albanie, de Bulgarie, de Croatie, de Pologne, de Roumanie, de Serbie ?
– Attention. Pas de bavure, intervint Campanella avec humeur. Elle n'est plus à jour, ta liste. Il y en a qui sont entrés dans l'Europe, là-dedans !
La gafounette sentait bien l'hostilité du gendarme mais

elle n'avait pas l'intention de laisser passer sa première affaire sous prétexte que ce vieux schtroumpf devenait ramolli du kébour.

Sans quitter l'écran des yeux, elle récita d'une traite :

– Suivant l'article 78-2 et 3 du code de procédure pénale, lorsqu'un prévenu refuse de livrer son identité, les représentants de la force publique procèdent à un relevé d'empreintes et à une prise de photo d'identité.

Sous le regard amusé de Campanella, la gendarmette mit en application le savoir acquis durant ses cours.

Elle vint se placer face à l'ange qui suivait ses mouvements d'un œil inquiet et pointa l'appareil numérique que venait de toucher la brigade en remplacement du vieux Polaroid. Elle prit les deux clichés réglementaires.

Ensuite elle fit rouler le tampon encreur sur les doigts de l'ange et appliqua sa main sur une feuille.

La gendarmette blêmit : il n'y avait pas trace d'empreintes sur le papier.

Le sourire de Campanella s'élargit encore lorsqu'ils découvrirent qu'aucune photo n'apparaissait sur l'écran de l'ordinateur.

– Un peu bâclée, votre formation...

– Je ne comprends pas, dit la gafounette, mortifiée. Ça doit être un problème de connexion U.S.B.

Campanella hocha la tête, guilleret.

– C'est évident. Et le tampon encreur est en panne de batterie...

Il avait furieusement envie de rigoler.

– Allez, laisse tomber. Passe à la suite.

De plus en plus pincée, la gendarmette reprit son interrogatoire :

— Vous avez déclaré que votre valise contient des encyclopédies ?

— Oui, répondit l'ange d'une voix mal assurée. Je suis représentante en encyclopédies. C'est pour cela que j'étais à la sortie du collège.

La gafounette haussa les épaules.

— Trouvez autre chose ! On n'a jamais vu un gosse de douze ans acheter une encyclopédie.

Campanella était agacé par l'animosité qu'il sentait dans le ton de la gendarmette. Son instinct de mâle lui disait qu'il y avait du règlement de comptes là-dessous. De la jalousie de femelles. Une vengeance de cette brunette d'un mètre soixante qui détenait le pouvoir face à la svelte walkyrie au bord des larmes... Il aurait bien voulu la voir derrière un filet de volley, la gafounette, avec ses grosses fesses et ses petites jambes.

Il s'en était souvenu, d'un coup : c'est au volley qu'elle jouait, sa Suédoise. C'est évident. Il n'y a pas de terrain de hand-ball dans un camping ! Et son nom, c'était Astrid, maintenant il en était sûr.

Il se pencha par-dessus l'épaule de la gendarmette et parcourut l'écran.

— Tu mets un *y* à encyclopédies.

Le visage de la gendarmette exprima un vrai désarroi.

— À la place du premier ou du second *i* ?

— C'est ton problème, jeta Campanella avec humeur. Ça fait partie de ta formation !

19

– C'est vrai, elle ne m'avait pas oublié ?

Honoré hocha la tête.

– Oh non, je crois même qu'elle était toujours amoureuse de toi...

Sitôt ses cours terminés, Jérémie avait enfourché son vélo pour filer rejoindre son cousin. Ils étaient assis côte à côte dans la gare abandonnée, les pieds pendant sur le quai bordé d'herbes folles.

L'enfant mâchonna rêveusement sa Chupa Chup à la cerise.

– Moi non plus, je n'ai jamais réussi à l'oublier. Toute ma vie, j'ai mis de l'eau de toilette Mouchoir de Monsieur. Elle adorait ce parfum.

– Je sais, elle m'en avait fait acheter. Tu vois que tu étais toujours entre nous ! Tiens, j'ai sorti ça pour toi.

Il posa sur les genoux de Jérémie un coffret de Mitsouko.

Ému, l'enfant promena ses doigts sur la boîte ivoire et brune.

– Tu sais, murmura-t-il, ils n'ont pas changé les flacons.

– Tant mieux. Tu peux l'ouvrir.

Jérémie souleva le couvercle sous l'œil attentif d'Honoré. À l'intérieur, étaient rangées des photos un peu jaunies à la bordure dentelée.

Jérémie cracha sa sucette et saisit la boîte d'une main tremblante. Il y enfouit son visage, et huma éperdument ce parfum qui lui évoquait tant de souvenirs.

Honoré attendit que l'enfant rouvre les yeux.

– Ce sont les photos du voyage.

Sur le premier cliché, on voyait Marie épanouie, en robe du soir, à la table du dîner, au côté du commandant du *Montevideo*.

Jérémie scrutait la photo.

– Je m'en souviens, de cette robe, murmura-t-il. On était ensemble à la collection de Schiaparelli. C'était en 37. J'avais eu le coup de foudre pour ce modèle. Marie l'avait essayé. Il n'y avait même pas besoin de retouches. Schiap ne voulait pas me la vendre. « Un modèle de la collection. Il n'en est pas question », criait-elle avec son accent italien. « Cette robe ne sortira pas d'ici ! »

J'ai presque doublé le prix pour la persuader de nous la laisser et, le soir même, on est allés l'étrenner chez Maxim's.

Honoré lui tendit un autre cliché.

Sur le pont-promenade, un colosse ventru souriait entre Marie et Honoré qu'il tenait par les épaules.

– Tiens, c'est lui, Otelo.

Jérémie apprécia.

– Il a une bonne tronche.

Sur la photo suivante, le colosse ne souriait plus. À son côté, une femme sèche fixait l'objectif d'un œil sévère.

– Ça, c'est sa femme.

Jérémie eut une grimace.

– C'est vrai qu'elle est moche !

Photo suivante : la main sur la hanche, Marie posait devant la statue d'un homme en frac, souriant, une cigarette aux lèvres.

– Là, c'est en Argentine, à Buenos Aires. Elle avait voulu voir la tombe de Carlos Gardel, au cimetière de la Chacarita. Elle était fascinée par le roi du tango, ce Carlitos vénéré par tout un peuple, qui avait gagné des fortunes et avait tout perdu sur les champs de courses et dans les bras de ses maîtresses. Il se disait victime des chevaux trop lents et des femmes trop légères !

Jérémie eut un sourire attendri.

– Ce qu'elle aimait danser le tango...

– Elle aimait toutes les danses, corrigea Honoré.

Jérémie acquiesça d'un mouvement de tête.

– Donc, vous n'êtes pas restés au Brésil ?

– Non. Marie se sentait de plus en plus gênée par la présence des pauvres des favelas qui avaient en permanence sous les yeux le luxe insultant des beaux quartiers... Elle avait le sentiment d'être épiée par ces miséreux auxquels elle s'était mêlée une nuit de Carnaval et qui étaient remontés sur leurs collines, dans leurs cabanes de tôle et de carton... Et puis le président Vargas, l'ami d'Otelo, multipliait un peu trop ses discours de soutien aux régimes de Mussolini et d'Hitler. Un matin, on a fait nos adieux à notre copain, tout triste de se retrouver en tête à tête avec sa momie poilue, et on a pris un bateau pour l'Argentine. Il a essayé de nous retenir jusqu'au pied de la passerelle : « Qu'est-ce que vous allez faire chez ces gens qui se pren-

198

nent pour le nombril du monde ? » Avec un clin d'œil, il
a ajouté : « Vous savez comment on appelle leur tango
pleurnichard ? *O lamento do cornudo*, la complainte du
cocu ! »

Jérémie rigola.

Honoré choisit une nouvelle photo : un nouveau pont
de bateau et Marie au bastingage.

– Tiens, ça, c'est notre arrivée à Buenos Aires. Elle m'a
parlé de toi, ce jour-là.

Jérémie leva les yeux de la photo.

– Pourquoi ce jour-là ?

– Elle trouvait que le rio de La Plata lui rappelait
l'estuaire. Même couleur ocre, mêmes reflets dorés. C'est
là qu'elle m'a raconté vos soirées dans le peyrat... Elle a
même pleuré quand le soleil s'est couché.

Jérémie acquiesça sans quitter la photo des yeux.

– Elle détestait voir le soleil disparaître. Pour elle, cela
représentait la mort.

Il rendit le cliché à Honoré qui le rangea dans sa boîte.
Un silence s'installa.

Un nuage de passage lâcha une rafale de pluie qui crépita
sur l'auvent de la gare.

Jérémie se mit à parler d'une voix sourde, les yeux fixés
sur les rails fleuris :

– Tu ne peux pas savoir comme je me suis senti seul
après votre fuite. Orphelin d'un coup. Vous étiez tous les
deux ce que j'avais de plus proche et vous étiez partis
ensemble. Plus tard, j'ai éprouvé un curieux sentiment de
fierté en me disant que c'est grâce à moi que vous vous

étiez connus... Étrange, non ? Je pensais que je ne pleurerais plus jamais de ma vie, eh bien j'ai eu tort...

Il se tut, comme s'il regrettait déjà cet aveu qui lui ressemblait si peu.

Ému, Honoré se tourna vers le profil buté de Jérémie.

– Et moi qui te voyais si fort, si sûr de toi ! Je t'enviais à en crever. J'étais jaloux de ton aplomb, de tes coups de bluff, de tes costumes prince-de-galles, de tes voitures, de tes maîtresses, surtout Marie !

Jérémie eut une moue.

– Ne te plains pas...

Honoré ne releva pas.

– Vous étiez si beaux tous les deux quand vous partiez pour une fête dans ta Delahaye décapotée. On aurait dit un tableau de Tamara de Lempicka.

Il lui demanda, soucieux :

– Dis-moi, c'est bien Figoni qui te l'avait carrossée ?

– Oui, mais ce n'était pas une Delahaye, c'était une Delage.

– Tu vois, même après toutes mes années de bourlingue, je suis resté un plouc... Je me souviens de ton insolente réplique quand quelqu'un te reprochait ce luxueux paquebot qui ne comptait que deux places.

Jérémie énonça la réponse en même temps que lui :

– Parce que je n'ai pas trouvé de voiture à une place !

Ils échangèrent le même sourire.

Assis sur un banc du quai envahi par les herbes, Jérémie et Honoré ne sentaient pas la pluie qui commençait à cingler en brèves et obliques rafales. Côte à côte près du bananier dont les feuilles déchiquetées semblaient avoir été cirées par l'averse, devant une voie ferrée qui ne menait plus nulle part, l'enfant et le vieillard faisaient resurgir leur passé commun.

Ils étaient très loin, à plus de soixante-dix ans de distance, tandis que défilaient les photos de Marie.

Marie à cheval, au milieu des gauchos.

Marie en maillot de bain, jouant la vamp au bord d'une piscine encadrée de palmiers.

Marie en robe du soir sur une terrasse, un long fume-cigarette au bout des doigts.

– Tiens, nota Jérémie. Une nouvelle robe.

Il détailla le vêtement avec l'œil du connaisseur.

– Elle est superbe. Chanel ?

– Oui, sourit Honoré. Made in Buenos Aires.

L'enfant poussa un soupir.

– Quand je pense que je n'ai pas gardé une seule photo d'elle. J'ai tout brûlé de rage !

Honoré leva les yeux au ciel.

– Ça ne m'étonne pas de toi...

Il prit un cigare qu'il s'appliqua à faire tourner au-dessus de la flamme. Jérémie en choisit un à son tour dans la cave à cigares.

Tandis qu'il décapitait l'extrémité de son puro d'un canif méticuleux, le vieux lui lança un regard inquiet.

– Tu n'as pas peur d'être malade ? Ce n'est pas pour les gosses, ces machins-là...

Jérémie haussa les épaules.

– J'ai cinq ans de plus que toi. Je roulais mes cibiches quand tu suçais encore ton roudoudou, alors fiche-moi la paix avec tes mises en garde de vieux schnock. De toute manière, tu ne connais rien aux enfants.

— Ça, c'est bien vrai, admit Honoré. Je me demande ce que j'en aurais fait, dans toutes mes bourlingues... Tu en as eu un, toi.

— Oh oui ! grimaça Jérémie. J'aurais mieux fait d'emmener ma femme au cinéma, ce soir-là.

L'autre lui glissa un regard ironique.

— Allons, ne dis pas ça. C'est formidable de fonder un foyer, de laisser un rejeton qui porte son nom... J'ai essayé d'avoir de tes nouvelles par des gens qui venaient de Paris, mais tu sais, dans les coins où j'étais, je ne rencontrais pas du haut-de-gamme...

Jérémie prit un temps pour allumer son cigare par une série de courtes inspirations.

— Après votre départ, la rage passée, j'ai été complètement perdu. Paumé comme un môme abandonné par sa famille... Je me suis mis à picoler. À me lancer dans des affaires de moins en moins nettes. J'ai multiplié les aventures avec des filles dont j'avais oublié le prénom au petit-déjeuner. Et puis j'en ai eu assez et, un beau jour, je me suis marié.

— Tu étais amoureux ? Elle était enceinte ?

— Non, rien de tout ça. Elle était mignonne et amoureuse, et il fallait bien que je me refasse une famille, maintenant que vous m'aviez laissé tomber...

Avec une moue de bonheur, Jérémie exhala sa première bouffée.

— Parle-moi plutôt de l'Argentine. C'est un pays qui m'a toujours fait rêver. Ça lui a plu ?

202

– Elle a tout de suite été séduite par Buenos Aires, cette mosaïque d'Europe où les bibliothèques sont garnies de livres en espagnol, allemand, anglais, français ou italien... Les théâtres et les cafés sont toujours pleins. Tout le monde discute avec tout le monde. On allait le mercredi au club des poètes sur les banquettes de cuir rouge du monumental Café Tortoni si vaste que les billards disparaissent dans la pénombre.

» Nous allions écouter Verdi au théâtre Colón et danser le tango à San Telmo. Marie aimait dévorer un *bife de lomo* arrosé de *chimichurri* dans les bistrots en tôle verte et rouge de la Boca. Elle se sentait bien parmi les Porteños, ces émigrés qui avaient fui la misère. Et eux la reconnaissaient comme l'une des leurs. Elle qui aimait le cosmopolite, elle était servie avec les Argentins, ces Italiens qui parlent espagnol et s'habillent comme des Anglais !

– C'était une vraie gitane.

– Oh oui... Je le vérifiais au fil des semaines. Il ne fallait jamais que l'on reste trop longtemps au même endroit. Brusquement, un jour, elle a eu envie d'aller rendre visite au prince Korsakoff qui nous avait donné sa carte sur le *Montevideo*. Tiens, c'est lui, le prince.

Il lui glissa une photo de Marie à cheval, au côté d'un cavalier au crâne rasé et à l'allure altière.

– On a acheté une voiture et on est partis. Marie était tellement excitée à l'idée de traverser la pampa !

Il lui montra une nouvelle photo de Marie au volant d'une somptueuse voiture blanche décapotée, sur une route au milieu du désert.

Jérémie poussa une exclamation :

203

– Ah, bien, dis donc ! Carrément une Packard 1502 ! Je n'en avais jamais vu en décapotable.

– Non, corrigea Honoré, c'est la 1607. Douze cylindres, mon vieux !

Jérémie scruta la photo avec l'œil aigu du mécano.

– Ah oui. Les phares sont encastrés et la roue de secours est sur l'aile. Sacrée machine !

– 175 chevaux, 3 200 tours-minute, tu vois ce que je veux dire !

Autour de la photo jaunie, Honoré et Jérémie retrouvaient les mêmes émotions que dans l'ancienne forge, quatre-vingts ans plus tôt, au temps de l'Hispano de Monsieur Charlie...

20

Sitôt quitté les faubourgs miséreux de Buenos Aires, commençait la pampa. Des centaines de kilomètres d'un paysage désespérément uniforme. Pas un arbre. La route asphaltée se transforma vite en piste caillouteuse et semée d'ornières où le passage de la Packard soulevait des nuages de poussière. Le paysage était si plat qu'ils avaient le sentiment que l'horizon s'éloignait. Parfois, un cavalier surgi de nulle part les saluait du bras.

Sur le bord de la route, quelques carcasses d'animaux.

Dans le lointain, de temps à autre se profilait un troupeau de vaches.

Marie et Honoré s'arrêtaient pour se rafraîchir et faire le plein d'essence dans les ramos generales, ces bazars-buvettes situés au croisement de deux pistes. Ils garaient la Packard à côté du poteau où étaient attachés les chevaux des clients.

Par-dessus son verre de limonade, Marie contemplait d'un œil ébloui les hommes venus se ravitailler en herbe à maté et en tabac.

Les premiers gauchos qu'elle voyait.

Certains étaient attablés par groupes de deux ou trois devant une bouteille de genièvre. D'autres étaient assis tout seuls et mastiquaient en silence leur empeñada. Du bout de la botte, ils écartaient les poules venues picorer les miettes tombées sur la terre battue.

Après deux jours de voyage sur la route cahoteuse, les reins cassés, le visage rougi par le soleil et les vêtements recouverts d'une pellicule ocre, ils empruntèrent enfin l'allée majestueuse bordée d'eucalyptus qui menait à la maison de maître.

Le prince Korsakoff les accueillit avec chaleur mais, curieusement, il ne parut pas étonné de les voir.

— Je savais que vous viendriez un jour, dit-il de sa belle voix grave en s'inclinant pour baiser la main de Marie. Depuis trois mois, je guette la piste en espérant votre arrivée.

Il serra la main d'Honoré qu'il conserva longtemps dans les siennes.

— Croyez bien, mes amis, que je considère cet éprouvant voyage pour arriver jusqu'à mon estancia du bout du monde comme le plus beau des cadeaux !

Il jeta quelques ordres à ses domestiques qui se précipitèrent pour s'emparer des valises du couple, et une bouteille de dom pérignon apparut sur la table.

— Cela fait tellement de bien de recevoir la visite de gens qui viennent de la vieille Europe ! dit-il en servant ses hôtes. Ici, j'ai l'impression de vivre à la cosaque ! D'ailleurs, je suis un cosaque.

Ils levèrent leurs coupes.

— Bienvenue à l'estancia Alexandra, ainsi nommée en hommage à l'épouse de notre bien-aimé souverain Nicolas assassinée il y a vingt ans par les bouchers de Trotski.

Ils passèrent deux mois de bonheur dans ce bout d'Argentine où le prince avait recréé un petit coin de Russie.

À l'inverse de la majorité des estancieros qui habitaient Buenos Aires et n'effectuaient que de brefs séjours dans leur campo, *Korsakoff avait choisi de vivre en permanence au milieu de ses gens. Dans la région, on l'appelait le prince gaucho, ce qui était à la fois une manifestation de sympathie pour le* padron *et une marque de respect pour l'homme de cheval.*

Marie et Honoré se sentirent très vite à l'aise sur les recados, *ces confortables selles argentines constituées de plusieurs épaisseurs de cuir et de peaux de mouton qui, la nuit, servent de sacs de couchage aux gauchos.*

Marie avait l'impression d'être l'héroïne d'un film de cowboys – on ne disait pas encore les westerns – lorsqu'elle chevauchait avec son amant au côté du prince qui leur apprenait à se familiariser avec l'immensité de son pays.

– Je ne vous propose pas d'aller jusqu'au bout de mes terres, leur lança-t-il dans un sourire. Cela fait près de six mille kilomètres carrés. Les deux tiers de la Corse... Et je n'ai que trois mille cinq cents bêtes. Vous voyez qu'elles ne se marchent pas sur les sabots !

Le soir, ils dînaient tous trois dans la grande véranda qui donnait jusqu'à l'infini sur le décor lunaire. À travers la moustiquaire, la silhouette gracile de l'éolienne se profilait sur le ciel mauve.

Heureux d'avoir des auditeurs qui égayaient sa solitude, le prince leur racontait sa vie d'exilé. Son père mort d'une attaque cardiaque lorsque les moujiks avaient envahi le palais familial. La longue fuite avec sa mère et ses deux sœurs vers

207

Paris. Leur installation dans le petit appartement prêté par un cousin au fond d'une cour du quinzième arrondissement.

Sitôt arrivée, sa mère avait placé les trois icônes qu'elle avait pu sauver sur la cheminée du salon. C'était sa manière de marquer son piètre territoire.

Depuis son départ de Russie, elle s'était murée dans un silence hautain. Elle ne quittait l'appartement que pour se rendre à la cathédrale Alexandre-Nevski, rue Daru, lieu de retrouvailles de tous les Russes blancs.

Elle recevait le premier mercredi du mois, comme autrefois. Ce jour-là, il y avait une file de taxis devant la maison. Les chauffeurs quittaient leur blouse grise et redevenaient princes et comtes le temps d'une tasse de thé autour du samovar.

Le jour de sa mort, la vieille princesse avait posé sa griffe armoriée sur la main de son fils et, pour la première et dernière fois, elle avait parlé :

— Mon pauvre Dimitri, je ne t'envie pas. Tu vas vivre dans un monde où tu seras obligé de traiter les inférieurs comme des égaux...

Le jour de ses funérailles, la rue Daru fut bloquée par une longue file de taxis voilés de noir.

Dimitri avait vécu quelques années à Paris. Il s'était retrouvé fondé de pouvoir d'une banque privée où son titre, son allure et sa connaissance des langues étaient fort appréciés de la clientèle cosmopolite. Mais Dimitri n'était pas fait pour rester les fesses vissées derrière un bureau. Il rêvait de grands espaces et d'une vie nouvelle loin de tous les témoins d'un passé fracassé qui passaient leurs soirées à ressasser le bon vieux temps. Il prit un bateau qui l'emmènerait le plus loin possible.

Il se retrouva en Argentine, comme il aurait pu débarquer en Australie ou en Afrique du Sud.

À Buenos Aires, il s'associa à un vieil Argentin qui faisait le commerce de la viande avec l'Angleterre. À sa mort, l'homme lui avait laissé son ranch. Cavalier passionné, Dimitri avait décidé de s'installer dans son désert immense au milieu des gauchos.

Des paillettes plein les yeux, Marie buvait les paroles du prince. Elle aimait tellement qu'on lui raconte des histoires...

Elle dit une nuit à Honoré :

— Tu sais, c'est tellement triste de n'avoir droit qu'à une seule vie... J'ai l'impression d'être comme une éponge qui se nourrit des récits des autres... Le commandant du Montevideo *et ses traversées, Otelo et ses légendes, le prince et son exil... Toutes ces images s'assemblent dans ma tête comme les éléments d'un vitrail et c'est tellement joli de regarder le monde à travers cette lumière !*

Cette nuit-là, tandis qu'ils faisaient l'amour, Honoré se demanda s'il connaîtrait jamais le vrai visage de la jeune femme aux yeux fermés qui gémissait sous lui.

Quelques jours plus tard, les gauchos organisèrent une veillée, un asado. *Marie, le prince et Honoré, assis autour du feu, écoutaient s'enchaîner les* milongas, *ces complaintes reprises à tour de rôle par chacun des chanteurs, qui parlent des fiancées perdues, de la solitude, la nostalgie et la mort.*

Marie avait les yeux brillants. La tête posée sur l'épaule d'Honoré, elle avait eu cette phrase étrange :

— Tu sais, tout ça ne va pas durer. On n'a pas le droit d'être aussi bien quand ces gens chantent leur désespoir.

Encouragé par la confidence de Marie, Honoré s'était laissé aller.

209

Un ange distrait

— *Pourquoi n'aurait-t-on pas le droit d'être heureux ? Il me suffit de te sentir auprès de moi pour être heureux. Et cela pourra durer toute une vie. Toute notre vie.*

Elle lui avait mis la main sur la bouche, comme s'il avait blasphémé.

— *Tais-toi. Tu n'as pas le droit de dire des choses pareilles. Tu vas nous porter malheur !*

Honoré avait baissé la tête.

La semaine suivante, il y eut une grande agitation à Alexandra.

On se préparait à célébrer la Saint-Nicolas.

En hommage au défunt tsar, Dimitri donnait une fête russe dans son estancia.

Comme tous les ans, la cuisinière avait confectionné des petits pâtés fourrés à la viande et des blinis pour accompagner le caviar arrivé de Buenos Aires au milieu d'une montagne de pains de glace.

On avait sorti de leur placard les trois icônes de la vieille princesse qui voisinaient sur la console avec les photos de la famille impériale, et les flammes de centaines de petites bougies finissaient de donner au salon des allures d'église orthodoxe.

Resplendissante dans sa robe du soir blanche, Marie trônait au bout de la longue table. À sa gauche, se tenait Honoré dans son bel habit noir et, à sa droite, Dimitri, impressionnant dans son uniforme de lieutenant des cosaques du Don.

L'orchestre des péones – auxquels Dimitri avait fait confectionner des costumes de Tcherkesses – enchaînait les airs du folklore russe. L'accordéon était remplacé par un bandonéon et les balalaïkas par des charangos – ces guitares faites dans des carapaces de tatous – et, de temps en temps, Les Yeux

210

noirs *ou* Kalinka *avaient des réminiscences de tangos, mais après quelques vodkas on avait quand même la larme à l'œil...*
Et puis le prince chanta.
De sa superbe voix de basse, il fit alterner les cantiques et les chants cosaques, La Marche des cavaliers, L'Étoile brillante, Chants zaporogues.
Les bouteilles de vodka défilaient.
Marie et Honoré avaient la chair de poule et la tête lourde.
Dimitri chanta jusqu'au petit matin, puis, d'un seul coup, après avoir jeté son dernier verre de vodka en direction du soleil levant, comme une ultime grenade contre cet astre écarlate, de la même couleur que le sanglant drapeau bolchevique, il s'écroula.
La démarche incertaine, Marie et Honoré se dirigèrent vers leurs appartements tandis que deux Tcherkesses de la pampa transportaient leur prince vers sa chambre.

Et vint le temps de quitter Alexandra. La ville manquait à Marie. Maintenant, ce désert l'angoissait. Elle avait hâte de retrouver des trottoirs, des restaurants, des lumières et des rires.
Lorsqu'ils reprirent le chemin de Buenos Aires, le prince lança son cheval au galop à côté de la Packard. Il les accompagna longtemps puis, arrivé à l'entrée de son domaine, il fit cabrer sa monture et leur adressa un dernier signe d'adieu. Il resta immobile jusqu'à ce que la voiture soit devenue un minuscule point dans la pampa. Alors il se coucha sur l'encolure de son cheval et lui glissa quelques mots en russe. L'étalon poussa un long hennissement et partit dans une joyeuse galopade au milieu de la steppe pour célébrer leur complicité retrouvée.

Honoré puisa une photo dans la boîte parfumée.

– Voilà la dernière photo de Marie.

Elle se tenait au milieu d'un groupe de convives élégants, coupe en main, sur le pont d'un yacht battant pavillon britannique.

Il lui désigna un homme souriant coiffé d'une casquette marine et vêtu d'un blazer armorié.

– C'est avec lui qu'elle est partie. Il s'appelle Anthony. C'est un champion de polo, son père est lord et son yacht mesure vingt-cinq mètres.

L'enfant scruta la photo avec une grimace.

– Il a une tête de pub pour les prothèses dentaires, lâcha-t-il en rendant du bout des doigts le cliché à Honoré.

Honoré la replaça sur le paquet qu'il égalisa du plat de la main, comme un jeu de cartes.

– C'était un garçon gai et attentif. Le genre de type qui n'a jamais de problèmes.

– Comme tous les gens riches, jeta Jérémie, hargneux. Tu n'as pas su la retenir.

Honoré eut un geste fataliste.

– Avec le recul, je pense qu'elle n'a jamais été amoureuse de moi. Elle a toujours refusé que l'on forme un couple. Je n'ai été qu'un compagnon d'escapade, une sorte de transit entre toi et ailleurs...

Du fond de la boîte, il sortit une feuille de papier.

– C'est la lettre que j'ai trouvée posée sur mon oreiller. Tu peux la lire. Ça te concerne aussi.

Jérémie déplia la lettre et la lut à mi-voix :

Comme j'ai essayé de te le dire la nuit des gauchos, on est arrivés au bout du bonheur. Il faut nous séparer avant d'entrer dans la routine de tous les couples tristes. J'ai fui Alexandre parce qu'il voulait m'enfermer dans un amour trop possessif. Il me faisait peur. Toi aussi tu me fais peur parce que tu m'admires trop. Je ne le mérite pas. Tu m'as fait peur quand tu m'as dit qu'il te suffisait d'être auprès de moi pour être heureux. Tu as évoqué un bonheur qui pourrait durer toute notre vie. C'est ce soir-là que j'ai su que je devais partir avant que tu ne me parles de mariage et d'enfants...

Chez les gitans, mes frères, il y a une tradition : quand la roulotte est arrivée au bout de la route, on casse les roues et on en fait un grand feu.

Moi, je n'ai pas fini mon voyage. Je veux rester une enfant de la poussière. Je ne sais pas encore où et quand j'allumerai mon feu.

Tu fais maintenant partie de mon vitrail au côté d'Alexandre. À chaque fois que je verrai se coucher le soleil, je penserai à vous deux.

Jérémie replia la lettre et la tendit à Honoré qui la rangea au fond de la boîte. Il remit les photos par-dessus et referma lentement le couvercle.

– C'était il y a soixante-sept ans, commenta Jérémie.

– Soixante-sept ans, six mois et quinze jours, corrigea Honoré. Depuis, plus de nouvelles.

Ils gardèrent longtemps le silence. Chacun évoquait la Marie qu'il avait connue.

– Ou peut-elle être, à ton avis ? demanda Jérémie.

– Peut-être à Zanzibar, sous un giroflier. Elle pense à nous devant le soleil couchant. Elle en parlait souvent, de Zanzibar...

Jérémie lâcha, cruel :

– Ou elle est veuve d'un milliardaire. Elle vit en Californie, liftée à mort avec une bouche de mérou et des cheveux mauves. Allongée sur un rocking-chair, elle sirote un cocktail dans une demi-noix de coco avec une ombrelle en papier, et elle raconte ses souvenirs au jeune Mexicain musclé qui nettoie sa piscine.

Honoré eut une moue de reproche.

– Je préfère Zanzibar.

Brusquement, Jérémie fut secoué par une quinte de toux qui le plia en deux.

Honoré secoua la tête.

– Je t'avais bien dit que c'était stupide d'allumer ce cigare. Tu es tout pâle.

Furieux, Jérémie tapota l'extrémité du cigare contre le ciment du quai.

– Pourtant, maugréa-t-il, j'en ai fumé des centaines, et des plus gros que ça !

– Possible, mais tu n'étais pas un enfant.

– À treize ans, on n'est plus un enfant, bougonna Jérémie en fichant le demi-cigare éteint dans le coin de sa bouche, à l'emplacement habituel de sa Chupa Chup.

Il se leva et se dirigea vers son vélo.

– Je file avant de me faire engueuler par mes descendants !

L'œil sombre, il dévala le chemin en roue libre.

Dans sa tête, défilaient toutes les images de Marie, de

214

cette Marie du bout du monde qu'il venait de découvrir. Qu'est-ce qui lui avait pris de partir avec cet Anglais à boutons dorés qui se la jouait Clark Gable ! Il imaginait Marie couchée dans la cabine en acajou du yacht à côté de ce fils à papa qui lui chuchotait des fadaises en anglais en faisant courir ses grosses pattes couvertes de taches de rousseur sur la peau si douce de Marie... C'est connu, tous les Anglais ont des taches de rousseur, surtout les lords !

Même après toutes ces années, il était taraudé par la jalousie. Il était évident que s'il n'avait pas eu ce fichu caractère, elle serait toujours là ! Puis, conscient de l'absurdité de sa gamberge, il haussa les épaules. Il commençait à en avoir sérieusement ras-le-bol de traîner son passé de centenaire dans un corps d'enfant !

Il freina en catastrophe au cul d'un camion de livraison.

– Dis donc, petit, tu veux que je t'apprenne à fumer le cigare à ton âge ?

À la terrasse du Vauban, un sexagénaire moustachu assis devant son pastis le scrutait d'un regard sévère.

Jérémie le toisa du haut de sa bicyclette.

– Écoute, mon bonhomme, lui lança-t-il avec la gouaille retrouvée du Parigot, tu n'étais même pas encore une lueur de désir dans les yeux de ton père que je fumais déjà le cigare, alors tu retournes bichonner ta piquette invendable et tu m'oublies, d'accord ?

Il donna un vigoureux coup de pédales pour se trouver hors de portée du bonhomme qui s'était levé d'un coup, dans un fracas de chaises culbutées, prêt à lui faire payer son insolence.

21

L'adjudant-chef Laspougeas rentra de Bordeaux en début d'après-midi. Une fois par mois, il allait suivre un séminaire d'information sur les techniques de guérilla urbaine et de gestion des émeutes. Depuis les troubles dans les quartiers sensibles, ce stage figurait au programme de la formation continue.

L'adjudant-chef aimait bien ces séances qui lui donnaient l'occasion de quitter la brigade et de retrouver des copains.

Et en plus, ça rapportait des points retraite.

Il se mit à parcourir les papiers posés sur son bureau. Il poussa un soupir agacé : encore un préavis de grève des enseignants ! Ça voulait dire un service d'ordre pour neutraliser la circulation sur le parcours du cortège, et pendant ce temps-là, cinq cents gosses lâchés dans les rues... Ils commençaient à lui pomper l'air, les profs en colère avec leurs manifs à répétition pour réclamer des gommes et des crayons de couleur !

Il continua à passer en revue la paperasse qui recouvrait

son sous-main. Brusquement, il fronça le sourcil, se pencha sur l'interphone et rugit :

– Campanella dans mon bureau.

Dès qu'il entra, le gendarme vit que son chef avait sa tête des mauvais jours.

– Qu'est-ce que c'est que ce rapport ? Vous avez interpellé un 78/3 ?

– Oui, chef, une femme.

– En plus ! Et en quoi a-t-elle troublé l'ordre public ? Elle vous a bombardé à coups de boules de pétanque ?

– Non, chef.

– Elle a mis le feu à une voiture ?

– Non, chef.

Il faisait profil bas, Campanella.

– Elle n'a pas de papiers d'identité et elle est S.D.F.

L'adjudant-chef leva vers son subordonné un regard accablé.

– Mais tu es complètement inconscient ! S.D.F. et sans-papiers, et en plus une femme... C'est de la dynamite ! Tu veux qu'on ait sur le dos tous les avocats branchés de Bordeaux et de Paris ? C'est devenu leur fonds de commerce, les droits de l'homme, l'humanitaire et les féministes ! Et ça remonte à quand, cette brillante interpellation ?

– À ce matin vers neuf heures.

– Vous avez dépassé les quatre heures réglementaires ! Elle est quoi, cette fille ? Arabe, noire ?

– Elle est blonde.

Il poussa un soupir de soulagement.

– Ouf !

Un peu revigoré par la réaction de son supérieur, Campanella précisa :

— Elle était à la parade gay de samedi.

L'adjudant eut une grimace.

— Ce n'est pas possible ! On dirait que vous le faites exprès... Je vous les ai assez répétées, les consignes concernant les mariages homos. On encadre, on n'intervient pas !

L'adjudant se prit la tête entre les mains.

À la brigade, il avait reçu des consignes bien précises : tout faire pour faciliter le déroulement des unions gays.

Il y avait du beau monde qui les protégeait. Cela remontait au ministère. Les gays étaient aussi bardés d'avocats que les sans-papiers et les S.D.F.

Et, de plus, ces mariages et les cérémonies qui les accompagnaient étaient devenus une des principales sources de revenus de la ville. À tel point que le conseil municipal avait décidé d'accélérer la cadence et de passer d'une à deux célébrations par mois.

— Fais venir ta bavure.

Il pianota nerveusement son sous-main.

— Je pressens encore une mine d'emmerdements !

Il leva un œil perplexe sur cette jolie fille qui tirait sa valise à roulettes comme un chien familier. Il était déconcerté par la candeur de ce personnage qui tranchait avec son style de clientèle habituelle. Il se leva, tout sourire, tira une chaise.

— Asseyez-vous. Vous prendrez bien un petit café ?

Elle fit non de la tête.

— Alors, demanda-t-il, avenant, on avait oublié ses papiers à la maison ?

– Je n'ai pas de papiers et je n'ai pas de maison.

Elle ne lui simplifiait pas la tâche, la gamine. Il devait s'efforcer de rester courtois. Pas de vagues : il y avait sûrement un collectif pour la défense des blondes avec une valise à roulettes...

– Mes collaborateurs ont des instructions concernant la sortie des écoles. Ils doivent effectuer des contrôles très stricts. Avec tout ce qui se passe...

L'ange écarquilla les yeux.

– J'étais juste là pour vendre des encyclopédies.

– Et vous en vendez beaucoup ?

L'ange se mordit les lèvres. À nouveau son menton se mit à trembler. Elle baissa la tête et un écran blond masqua son visage. Elle murmura de sa voix d'enfant :

– En fait, je voulais seulement parler aux grands-parents... Elle se reprit : Je veux dire aux enfants de M. Castejac.

– Je le connais, M. Castejac, intervint Campanella qui voyait là un moyen de se rattraper. C'est lui qui s'occupe du relookage des vins.

– King. Le relooking.

Pas mécontent d'avoir manifesté sa maîtrise du franglais, l'adjudant-chef s'adressa à l'ange sur un ton mondain :

– C'est une relation à vous, ce M. Castejac ?

L'ange opina de la tête. Laspougeas lui demanda, la mine avenante :

– Donc ce monsieur peut répondre de vous ?

À nouveau, l'ange acquiesça en reniflant.

Un sourire illumina le visage du chef de brigade.

– Eh bien, voilà !

219

Il se tourna vers le gendarme.

– Campanella, tu vas ramener madame chez M. Castejac.

Il serra chaleureusement la main de l'ange.

– Vous voyez, tout finit par s'arranger !

L'adjudant-chef referma la porte et se dirigea vers son bureau en sifflotant. Une fois de plus, il avait sauvé les meubles !

Plantée devant l'ordinateur, la gendarmette enregistrait un vol de portable. Lorsqu'elle vit sortir du bureau l'ange à la valise suivie de Campanella, elle adressa à son collègue un coup d'œil interrogateur, mais le gendarme traversa la pièce, le visage sombre, sans accorder un regard à la gafounette.

Laurent était en train de concocter un projet de logo pour un viticulteur du Médoc qui souhaitait donner des allures médiévales – clientèle américaine oblige – à son cru bourgeois.

Lorsque la porte de son bureau s'ouvrit pour livrer passage à l'ange suivie du gendarme, il fut pris d'une soudaine angoisse. Le sourire de Campanella le rassura en partie.

– Bonjour, monsieur Castejac. Cette dame nous a dit que vous pouviez répondre d'elle.

Laurent eut un regard pour le visage pathétique de l'ange. Il acquiesça.

– Oui, effectivement. Je la connais.

– Eh bien, c'est parfait, lança Campanella, guilleret. Je vous laisse avec votre amie.

Dans l'œil du gendarme, luisait une lueur égrillarde.

— Évitez de la laisser sortir sans papiers. Allez, bonne journée.

La porte se referma.

L'ange ne bougeait pas. Elle se tenait face à Laurent, la valise à ses pieds.

Il lui désigna une chaise.

— Ne restez pas debout.

Elle se laissa tomber sur le siège et renifla un grand coup.

Il vint se planter devant elle, les mains sur les hanches.

— Et maintenant, qu'est-ce que je vais faire de vous ? demanda-t-il avec humeur. Vous pouvez me le dire ?

Elle ne répondit pas, mais son menton se mit à trembler. D'un geste machinal, il fit glisser la boîte de Kleenex devant elle.

— Mouchez-vous !

Docile, elle s'exécuta.

— Je ne fais que des bêtises, bredouilla-t-elle en repliant le mouchoir de papier. Vous devez me détester.

Comme lors de la première visite de l'ange, il se sentit désarmé par la candeur de cette étrange fille.

— Allons, allons... Qu'est-ce que vous allez chercher ! fit-il d'un ton radouci. Mais vous conviendrez que vous me mettez dans une situation difficile.

Elle fit oui de la tête.

— Je vous trouve très gentil, murmura-t-elle.

Surpris de ce compliment inattendu, Laurent eut un sourire.

— Moi aussi, je vous trouve très gentille, mais ça ne résout pas le problème.

Le changement d'attitude de Laurent avait apaisé l'ange.

– Il suffirait que je puisse m'entretenir avec vos grands-parents... Je veux dire vos enfants, et tout s'arrangerait.

Laurent réfléchit, puis il décida :

– Bon. Je vais vous ramener à la maison. Vous rencontrerez les enfants, mais d'abord, il faudra que je les prépare à cette entrevue et que tout cela se déroule dans la plus grande discrétion, vous comprenez ?

– Oui, répondit l'ange, épanouie. À cause de votre femme qui ne veut pas me voir.

– On peut dire cela, convint Laurent. On va y aller maintenant. Mon épouse passe la journée à son agence et les enfants sont en cours. Je vais vous cacher dans le grenier et vous rencontrerez Jérémie et Chloé cette nuit ou demain, suivant les circonstances. Ça vous va ?

L'ange eut une réaction imprévue. Elle se leva d'un bond, passa ses bras autour du cou de Laurent et lui appliqua deux baisers mouillés sur les joues.

– C'est vrai que vous êtes gentil !

Laurent se sentait désarçonné par cette manifestation si peu angélique.

– Allez, venez.

Il ouvrit la porte et, suivi de l'ange qui faisait rouler sa valise, il alla jusqu'à sa voiture garée dans la cour.

Il mit la valise dans le coffre et s'adressa à la jeune fille, un peu gêné :

– Vous allez monter derrière et bien vous aplatir qu'on ne vous voie pas. Je connais pas mal de gens dans la ville et il n'est pas utile qu'on vous repère.

222

Docile, elle monta à l'arrière et se coucha sur la banquette.

La voiture quitta la courette et s'engagea sur le mail.

Il entendit la voix de l'ange :

— Vous avez peur que les gens disent à votre femme que je suis dans votre auto, c'est ça ?

— Oui, c'est ça, répondit Laurent en saluant de la tête l'épouse de l'huissier qui sortait de chez le coiffeur.

— Vous croyez qu'elle serait jalouse ? demanda l'ange avec une pointe de coquetterie dans la voix.

— Ce n'est pas impossible, répondit Laurent avec une grimace. Je préfère ne pas imaginer sa réaction.

— Elle a l'air d'avoir un sacré caractère, votre femme... J'ai l'impression qu'elle ne m'aime pas, je me trompe ?

— C'est parce qu'elle ne vous connaît pas, mentit Laurent.

— Si vous lui dites que je suis un ange, elle comprendra, non ?

Laurent dut s'arrêter à l'unique feu rouge de la ville. Dans la voiture voisine, Sylviane Lagarosse, qui se rendait à son atelier bois flotté et meubles peints à Miroir de l'estuaire, lui adressait un grand sourire.

— Si vous lui dites que je suis un ange, elle comprendra, non ? répéta l'ange plus fort.

— Non, elle ne comprendra pas, lança-t-il d'un ton sec. Avec effroi, il vit se baisser la vitre de sa voisine.

— Excusez-moi, Laurent, je n'ai pas entendu ce que vous me disiez. Je ferme toujours à cause de la clim.

— Je disais que nous serions ravis de vous avoir à la maison, un de ces soirs, jeta Laurent pris de court.

— Avec plaisir, je vais en parler à Thibaut, répondit Sylviane un peu étonnée de cette urbanité soudaine de la part de Laurent qu'elle avait toujours considéré comme un ours.

Enfin, le feu passa au vert.

— J'ai encore fait une bêtise ? demanda l'ange d'une voix mal assurée.

Laurent poussa un soupir accablé.

— Ça va, c'est arrangé. Mais je vous en supplie, pas de larmes. D'accord ?

— D'accord, répondit l'ange dans un reniflement.

Arrivé devant la maison, Laurent ne se sentait pas très à l'aise. Il prit la valise, fit prestement sortir l'ange de sa cachette et la précéda dans la grande pièce. Ils avaient atteint les dernières marches de l'échelle de meunier lorsque Laurent se figea. Il venait d'entendre la voiture d'Isabelle qui montait le long du chemin.

Il ouvrit la porte du grenier, fit glisser la valise et poussa l'ange à l'intérieur de la pièce.

— Ne bougez pas d'ici, lui recommanda-t-il à voix basse. Je reviendrai le plus tôt possible.

Il referma la porte et descendit précipitamment l'escalier. La voix d'Isabelle le hélait.

— Laurent, tu es là ?

— J'étais venu chercher un dossier, improvisa-t-il, et toi, comment se fait-il que tu ne sois pas à ton travail ?

— Il y a une grève des profs. Les enfants sont venus me voir à l'agence. Je les ai ramenés plutôt que de les laisser traîner sur le cours.

Laurent blêmit lorsqu'il fut salué d'un double : « Salut, papa, qu'est-ce que tu fais là ? » par Chloé et Jérémie, qui traversaient le salon sac au dos.

Son opération discrétion se révélait un fiasco total.

– C'est à propos de quoi, cette grève ? demanda-t-il d'une voix blanche.

– Le rectorat ne veut pas remplacer le prof d'occitan qui part en retraite. Ce sont vraiment des salauds !

– Tu m'avais dit qu'il n'y avait que trois élèves qui faisaient occitan, remarqua Laurent qui s'efforçait de maîtriser son anxiété.

– Et alors ? s'indigna Isabelle. Trois pauvres gosses pénalisés, tu ne trouves pas cela grave ? C'est le reflet de tout un système. On supprime les emplois jeunes, on coupe les crédits de la recherche ! Ah, elle est jolie, la politique de ton gouvernement qui brade notre enseignement en prenant nos enfants en otages. Et tout ça pour quoi ? Pour privatiser l'Éducation nationale au nom de la mondialisation !

– Tu ne vas pas un peu loin ? dit Laurent inquiet de n'entendre aucun bruit en provenance de la salle de jeux.

Elle le toisa avec pitié.

– Mon pauvre Laurent, tu n'as jamais eu aucune conscience politique ! Allez, je file. Fais-leur réviser leurs cours. Qu'ils comprennent qu'une grève ce n'est pas des vacances !

22

À peine la voiture eut-elle démarré que Laurent se précipita dans la salle de jeux. Il devait absolument préparer les enfants à la rencontre avec l'ange.

Personne.

Angoissé, il grimpa dans leurs chambres. Vides.

D'un pas un peu tremblant, il emprunta l'escalier du grenier.

Ce qu'il craignait était arrivé.

Assise sur une chaise, l'ange faisait face aux deux enfants qui avaient improvisé un tribunal.

Chloé trônait dans le fauteuil à bascule et dardait sur la jeune femme le regard sévère du juge. Debout, appuyé à la malle aux souvenirs, Jérémie avait choisi le rôle d'avocat général.

Il fallut peu de temps à Laurent pour comprendre que les enfants étaient en train de reproduire le procès de Jeanne d'Arc passé à la télé quelques semaines plus tôt.

Mains derrière le dos, Jérémie fit quelques pas, puis pointa l'index vers l'ange.

– Qu'est-ce que vous savez faire de divin ? Vous volez ?

Elle eut un mouvement de tête négatif.

— Nous devons bien constater que ce prétendu ange est dépourvu d'ailes, renchérit Chloé de sa voix aiguë.

Jérémie garda un temps de silence, puis vint se planter devant l'ange.

— Et Dieu, à quoi il ressemble ? demanda-t-il du ton doucereux de l'inquisiteur.

L'ange poussa un soupir.

— C'est plus compliqué que cela.

Chloé et Jérémie échangèrent un regard entendu.

— Il y a une série avec un ange à la télé, dit Chloé. Elle est toute petite.

L'ange eut un geste d'impuissance.

— Il peut y avoir des petits anges...

Jérémie laissa échapper un ricanement et Chloé leva les yeux au ciel.

Comme lors de sa première visite au grenier, Laurent posa le pied sur la latte sonore. D'un même mouvement, le frère et la sœur se tournèrent vers lui.

— Ah, enfin te voilà ! s'exclama Chloé.

— Tu n'as pas brillé par ton courage, dans cette affaire, railla Jérémie.

Sous leurs deux regards accusateurs, Laurent se sentit dans la peau d'un enfant pris en faute. L'ange tenta de lui adresser un pauvre sourire mais le cœur n'y était pas.

Ancré dans son personnage, Jérémie recommença d'arpenter le prétoire improvisé.

— Cela faisait plusieurs jours que nous avions remarqué son petit manège. Elle nous attendait à la sortie du collège, puis elle nous suivait jusqu'à l'arrêt des cars.

Chloé renchérit :

– On s'est posé toutes sortes de questions. Nous avons même pensé qu'elle préparait notre kidnapping pour t'extorquer une rançon !

Jérémie pointa le menton vers l'ange qui semblait plutôt piteux.

– Finalement, elle a reconnu que c'était elle la responsable de la situation dans laquelle nous nous trouvons, conclut-il d'une voix vibrante.

Laurent et l'ange échangèrent une grimace.

– Cette jeune fille nous a également avoué que tu étais au courant, précisa Chloé, pincée. J'estime que tu aurais pu nous prévenir, c'était la moindre des choses !

Laurent répondit, pas très fier :

– Je l'aurais fait, mais je voulais d'abord vous préparer à cette rencontre. C'est raté.

– On peut le dire, persifla Jérémie.

Le regard de Chloé alla de Laurent à l'ange.

– Et peut-on savoir ce que vous comptez faire pour remédier à cette situation grotesque ?

L'ange tenta un sourire engageant.

– Ça ne vous plaît pas de vous retrouver dans des corps d'enfants ? Vous avez l'opportunité de vivre une nouvelle existence en possédant la maturité et la sagesse de l'âge. Cela peut être une expérience passionnante, vous ne pensez pas ?

– Une expérience passionnante ? répéta Jérémie, glacial.

L'œil brillant de colère, il vint se planter à quelques centimètres du nez de l'ange.

– Que ce soit bien clair : nous n'avons rien demandé.

Un ange distrait

On a fait notre petit tour sur terre, comme tout le monde, et basta ! On n'a pas souhaité jouer les prolongations. Deux guerres, une pension alimentaire, deux faillites, un gosse crétin, vous ne trouvez pas que c'est suffisant pour une vie de paroissien moyen ?

Chloé prit le relais. Laurent ne l'avait jamais vue aussi véhémente :

– Moi aussi j'ai déjà vu le film, mais, en plus, j'ai vécu le troisième âge ! Et je peux vous dire que j'en ai ras-le-bol des banquets des anciens composés de purée, de compote, de soufflés et autres aliments fadasses faciles à mâcher et pas susceptibles d'endommager les dentiers ! J'ai fait le plein d'après-midi paso-doble et de soirées loto. Mais on était encore au stade de l'artisanat. Tout s'est accéléré lorsque les industriels ont découvert que le marché des vieux était sous-exploité !

» Les publicitaires se sont emparés de l'affaire et ils ont inventé les seniors, ces allègres vieillards aux cheveux bleutés qui sourient de toutes leurs prothèses ! Ils joggent à longueur de pubs sur des plages idéales et clament qu'ils entendent le vol d'une libellule grâce à l'appareil auditif Stroom, qu'ils n'ont pas un gramme de cholestérol grâce aux yaourts Cromp, qu'ils baisent comme des Jésus grâce aux pilules Vram ; le tout remboursé à cent pour cent grâce à la mutuelle Vork ! La vie commence à soixante-cinq ans... On s'est mis à nous affubler de vêtements de strass avec dossard comme des champions de patin à glace ou des finalistes de l'Eurovision pour participer aux éliminatoires régionales de miss Supermamie. On nous a embarqués par contingents entiers dans des croisières à thème :

229

Noël chez les Mayas, Perle des Antilles, la route des pharaons ! Enfin, au terme de cette frénétique vieillesse, on a eu droit à un repos bien gagné, allongés dans un cercueil à capitonnage en satin traité imputrescible payé d'avance grâce à la convention obsèques Zéphir.

Avec un bel ensemble, le frère et la sœur reprirent le slogan qui faisait florès à la télévision :

« Dis, Papy, c'est quoi, Zéphir ?

Zéphir, c'est l'art du bien vieillir ! »

Le visage marqué par la colère, Chloé lança a l'ange :

– Je vais vous dire une chose, ma petite fille : passer toute une vie avec ça en ligne de mire dès l'âge de dix ans, je n'en ai aucune envie. Suis-je claire ?

L'ange approuva, mal à l'aise.

– Bien sûr, mais vous savez bien que ce n'est pas le problème...

Du haut de son mètre cinquante, Jérémie toisa l'ange, poings sur les hanches.

– Alors, où cst-il le problème ? Je vais vous le dire, moi. Vous avez fait une ânerie et vous ne savez pas comment vous en tirer ! Vous savez comment cela s'appelle ? Une faute professionnelle. Et vous savez comment j'agissais, moi, avec mes employés qui faisaient une faute professionnelle ? Eh bien, je les virais !

Il était devenu écarlate de fureur. Sa petite sœur lui posa la main sur le bras.

– Calme-toi. Pense à ta tension.

L'enfant haussa les épaules.

– Ma tension. Idiote ! J'ai treize ans. Personne n'est jamais mort d'un infarctus à treize ans !

Il se tourna vers l'ange, agressif.

– Vrai ou pas, vous qui êtes du bâtiment ?

L'ange acquiesça machinalement.

Les trois regards étaient tournés vers elle.

Laurent prit le relais :

– Alors ? Que pensez-vous faire ?

L'ange reprit un peu d'assurance pour exposer son leit-motiv :

– Il faut que je parvienne à remonter très précisément à un événement que vous avez déjà vécu dans vos vies anté-rieures afin de pouvoir remettre vos mémoires à zéro.

Jérémie fronça le sourcil.

– Comme pour un compteur de voiture ?

– Je suppose que la démarche est la même, répondit l'ange.

Jérémie se sentait d'un coup plongé à nouveau dans son univers familier. Il retrouva la gouaille du Parigot :

– J'en ai bricolé, des compteurs de caisses. Je peux vous dire qu'on a beau remettre le compteur à zéro, la bagnole a toujours son âge... Faut pas me la faire, parce que la bidouille de compteurs, je connais !

– Vous n'avez pas une machine à remonter le temps, comme à la télé ? demanda Chloé.

L'ange eut une expression agacée.

– La télé, la télé ! Vous n'avez que ce mot à la bouche. À force d'envoyer vos satellites fureteurs dans tous les coins du ciel, on n'a plus aucune intimité, là-haut ! Il y a autant de caméras le long de la Voie lactée que sur Piccadilly Circus.

Jérémie rétorqua, narquois :

— Vous n'avez qu'à déposer une plainte auprès de la commission informatique et libertés, ils créeront un collectif.

Laurent leur fit signe de se taire. Ils tendirent l'oreille. La voiture d'Isabelle venait de s'engager sur le chemin.

Jérémie posa la main sur l'avant-bras de son père qui avait blêmi.

— Ne t'inquiète pas. Je m'en occupe.

Il se tourna vers l'ange qui avait à nouveau son visage angoissé.

— Vous, vous restez planquée. Je viendrai vous chercher après le dîner. Jusque-là, vous ne bougez pas, O.K. ?

L'ange acquiesça de la tête tandis que le trio replaçait le paravent.

23

– Mais où va-t-on ?

– Vous verrez bien. Vous ne pouvez pas marcher plus vite ?

– C'est à cause de ma valise !

Dans la nuit, Jérémie cheminait les dents serrées, suivi de l'ange dont la valise cahotait sur le chemin de pierre.

Au bout d'une vingtaine de minutes, ils arrivèrent à la gare désaffectée.

Allongé dans son hamac, l'amiral somnolait, bercé par un bandonéon mélancolique.

D'un geste sec, Jérémie vint appuyer sur le bouton de la radiocassette. Le tango s'arrêta net.

De l'index, Honoré souleva son feutre. Il découvrit Jérémie escorté de cette blonde inconnue.

– Non, dit-il d'un ton catégorique. Je ne veux plus que tu m'amènes tes conquêtes. Tu sais comment ça finit. On va encore se fâcher pendant soixante-dix ans !

– Allons, ne sois pas ridicule, répondit Jérémie, agacé. Il n'y a rien entre cette jeune femme et moi. D'ailleurs c'est impossible : moi, je suis un enfant et elle, c'est un ange !

Il n'était pas du tout étonné, l'amiral.

– Un vrai ange ? Vous venez de là-haut ? demanda-t-il en s'asseyant dans le hamac.

L'ange acquiesça, interloquée par l'étrange intimité qui régnait entre Jérémie et ce vieux bonhomme.

Honoré la détailla d'un œil appréciateur.

– Dommage...

Jérémie brusqua les événements.

– Tu me la planques, parce qu'à la maison c'est un peu la galère. À cause d'Isabelle.

– Ta petite belle-fille ?

– Ou ma mère, si tu préfères. Je vous laisse. Je repasserai demain après mes cours.

– Je vais essayer de trouver une solution, dit l'ange.

Jérémie lui lança un regard sombre.

– Vous n'allez pas essayer. Vous allez trouver !

Il repartit d'un pas vif et fut vite avalé par la nuit.

– Alors c'est vous qui êtes chargée de résoudre son problème de...

Du plat de la main, Honoré indiqua la hauteur de l'enfant.

Elle acquiesça.

– Pas évident, commenta-t-il gravement.

Elle répondit d'une grimace.

Honoré lui désigna le banc de bois.

– Asseyez-vous.

– Encore ! s'exclama l'ange. C'est fou, le nombre de gens qui me font asseoir depuis que je suis sur Terre.

234

Honoré avisa la valise posée à côté d'elle.

– C'est parce que j'habite une gare que vous êtes venue avec vos bagages ?

Elle regarda autour d'elle.

– On a le droit d'habiter une gare ?

Il lui répondit, amusé :

– À condition qu'il n'y ait plus de trains...

– Ce n'est pas un peu triste, une gare sans trains ?

Honoré la rassura en choisissant un cigare.

– Après deux verres, je vois passer l'Orient-Express. Vous voulez partager un petit coup de pisco ? C'est du marc de raisin. Cent pour cent naturel.

– Merci. Jamais en service. Vous avez toujours vécu ici ?

– Oh non ! sourit Honoré dans un nuage de fumée bleue. J'ai passé cinquante ans de ma vie en Amérique du Sud.

– Vous êtes allé chercher fortune là-bas ?

– J'ai eu le parcours inverse de celui des émigrés. J'ai débarqué d'un transatlantique en première classe et j'ai fini promeneur de chiens à Buenos Aires, après avoir été chercheur d'or au Brésil, tondeur de moutons en Patagonie et conducteur de camions sur la route des Andes. Un jour, j'ai eu envie de venir poser sac à terre dans mon pays natal...

– Alors vous êtes né ici ? Comme M. Castejac.

– Eh oui. C'est même mon cousin.

Il rigola.

– Je peux vous dire que ça m'a fait tout drôle de le retrouver soixante-huit ans plus tard dans l'enveloppe d'un garçon de treize ans !

L'ange demanda, étonnée :

– Vous ne l'aviez pas revu depuis ?

– On était fâchés. J'étais parti avec sa fiancée.

– Vous avez de drôles de mœurs sur Terre ! lâcha l'ange, réprobateur. Et il la connaissait depuis longtemps, cette jeune fille ?

Honoré réfléchit.

– La première fois qu'il a rencontré Marie, il devait avoir quatorze ans... Ou plutôt treize, puisque c'était avant l'armistice.

L'ange fronça le sourcil. Elle semblait abîmée dans ses pensées, puis son visage s'illumina d'un grand sourire.

– Je veux bien goûter votre pisco.

– Ah, ça me fait plaisir, dit Honoré en se levant pour chercher la bouteille et deux petits verres sur le guichet des billets transformé en bar. Ce sera bien la première fois que je m'arsouille avec un ange !

Il les remplit et ils trinquèrent.

– Allez, à l'éternité ! dit Honoré.

– À l'éternité, répéta l'ange.

Il nota le visage rayonnant de la jeune femme.

– Je vous trouve bien guillerette, tout d'un coup !

– Grâce à vous, je vais pouvoir réparer ma bêtise.

– Que voulez-vous dire ?

– Secret, répondit l'ange, enjouée. Pas le droit de parler du futur.

– Mais ce n'est pas le futur !

Elle eut un sourire énigmatique.

– À certains moments, il arrive que le passé et le futur se télescopent...

Et elle liquida son pisco cul sec.

Au fil de la nuit, les rapports devenaient de plus en plus familiers entre l'ange et Honoré.

Elle n'arrêtait pas de poser des questions sur cette Marie qui avait bouleversé la vie des deux cousins. Elle vibrait d'émotion en écoutant le récit de la fugue des amants et, quand Honoré lui décrivit leur arrivée dans le grand salon du *Montevideo*, elle avait l'œil extasié d'une midinette.

Elle poussa un gros soupir.

— Je l'envie, votre Marie, d'avoir provoqué des passions aussi intenses.

Honoré lui glissa un coup d'œil égrillard.

— Dites donc, mignonne comme vous êtes, vous aussi, vous avez dû faire plus d'un heureux, avant de monter là-haut ?

L'ange rougit.

— Ça ne vous regarde pas, répondit-elle d'un ton offusqué.

Elle regarda autour d'elle, promena un œil curieux sur le décor austère de la salle d'attente.

— Et vous n'avez rapporté aucun souvenir de votre vie d'aventures ?

Il eut un geste indifférent.

— Une boîte de photos, quelques cicatrices et un petit trésor.

— Un petit trésor ? demanda l'ange, curieux.

— Une vieille poétesse argentine m'avait légué ses économies pour que je continue de promener Hugo, son scottish, dans le parc d'Alto Palermo. Le chien est mort. Il me reste les pièces d'or. Je vais les donner à Jérémie.

Il conclut dans un sourire :

– Ce sera la manière de me faire pardonner d'avoir vidé la caisse d'Alexandre.

L'ange eut une réaction violente.

– Il n'en est pas question. Cela compliquerait tout. Vous ne pouvez pas modifier le passé !

Honoré lui lança un coup d'œil rigolard.

– Dans ce domaine, vous feriez mieux de faire profil bas !

L'ange ne daigna pas relever la perfidie.

Pas rancunier, Honoré emplit leurs deux verres.

– Je ne modifie rien du tout. Alexandre a trouvé des pièces d'or dans le jardin quand il avait seize ans.

Elle lui jeta un regard suspicieux.

– C'est bien vrai, ce mensonge ?

Honoré choqua son verre contre le sien et ils firent à nouveau cul sec.

– C'est parfaitement exact, dit-il, et je m'étonne même que vous ne le sachiez pas !

– Je suis un ange stagiaire, rétorqua-t-elle, piquée, et ce n'est pas moi qui gérais son dossier.

Finalement, l'ange, un peu pompette, accepta d'accompagner Honoré pour enterrer les pièces d'or dans le jardin des Castejac. Il lui confia le coffret, prit une pelle, et ils se mirent en route.

Ils coupèrent à travers les vignes. Mal à l'aise dans ses ballerines, l'ange se tordait les chevilles dans les ornières.

– Il n'est pas bien lourd, votre trésor, commenta-t-elle avec humeur.

Il répondit sans se retourner :

238

– Si l'or continue de monter, ça fera un gentil petit paquet de pognon quand il le découvrira.

– Et ce n'est que le début, dit l'ange.

– Pardon ?

– Je parle des cours de l'or.

Un coup de tonnerre retentit.

Elle jeta un regard vers le ciel avec l'expression d'une enfant prise en faute.

– Je n'ai rien dit.

Soudain, l'ange se figea.

– Ce n'est pas gênant d'entrer dans un de vos lieux de culte ?

– Que voulez-vous dire ? lui demanda Honoré, interloqué.

Elle lui désigna, au pied d'un rosier, la statuette d'un petit bonhomme aux grosses joues et à la grande barbe, coiffé d'un bonnet rouge.

Honoré fut saisi d'une franche rigolade.

– Vous pensez que l'on vénère les nains de jardin ?

L'ange semblait froissée par le ton moqueur de l'amiral.

– Comme nous avons retrouvé ces effigies dans des jardins du monde entier, nous avons conclu qu'il s'agissait de l'une de vos nouvelles idoles, comme autrefois ce Bésus ou Crésus, je ne me souviens jamais.

– Vous faites sans doute allusion à Jésus ? demanda Honoré, épanoui.

Elle acquiesça d'un mouvement de tête.

– Tout est de votre faute, poursuivit l'ange, piquée au vif. Vous savez ce qu'il restera de votre civilisation sans pyramides et sans cathédrales, où l'on ne dessine plus sur les parois des grottes, où l'on n'écrit plus sur des feuilles de papier ? Une planète désespérément immaculée. Triste et vide comme un de vos appartements témoins. Avec votre manie du biodégradable, à force de vouloir sauvegarder le futur, vous aurez effacé le passé... Alors, ne vous étonnez pas si ces petits bonhommes barbus deviennent l'emblème de votre millénaire. Allez, en route.

Au passage, Honoré salua d'une inclinaison de tête ce nain réjoui qui était appelé à de si hautes fonctions.

Ils arrivèrent enfin aux abords de la maison Castejac.

L'ange lui désigna un coin du jardin.

– On va l'enterrer ici.

Honoré lui jeta un regard étonné.

– Pourquoi ici ?

– Parce que, dans trois ans, ils creuseront une piscine à cet endroit.

– Je croyais que vous n'aviez pas le droit de parler de l'avenir, dit Honoré.

– Avec vous, ce n'est pas grave.

Elle s'interrompit, se mordit les lèvres.

Honoré l'observait, ironique.

– Vous voulez dire que je n'en ai pas pour longtemps sur cette terre, c'est ça ?

– Mais non. Pas du tout, fit l'ange en évitant de croiser son regard. Allez, creusez donc au lieu de dire des bêtises.

24

L'ange avait vu juste.

Le lendemain, lorsque Jérémie arriva à la gare, il découvrit Honoré allongé sur une banquette de l'ancienne salle d'attente. Il avait le visage creusé et le souffle court.

Assis sur un tabouret, l'ange adressa à l'enfant un rapide regard qui laissait peu d'espoir sur l'état du vieil homme.

Honoré grimaça un sourire.

— C'est le bout de la route. Grâce à toi, j'ai l'impression d'avoir vécu un petit rab de vie...

Il tourna la tête en direction de l'ange.

— Je vous trouve très sympathique, mais mourir avec un ange à mon chevet, ça fait un peu chromo...

— Il a raison, renchérit Jérémie. On est des laïques, nous autres, des gosses de la communale. Les images pieuses, ce n'est pas notre trip. Vous ne nous en voulez pas ?

— Pas du tout, répondit l'ange dont la voix tremblait un peu.

Elle disparut.

— Tiens, nota Jérémie, c'est la première fois qu'elle se comporte en vrai ange !

– Elle n'est pas vexée, j'espère ? s'inquiéta Honoré.

Jérémie eut un mouvement insouciant.

– Elle a fait assez de conneries comme ça. On a droit à un peu d'intimité, non ?

Honoré acquiesça.

– Tu ne m'as rien dit de ta vie, finalement...

– Elle ne mérite pas qu'on en fasse un roman, lâcha Jérémie avec humeur. Le jour où les chars allemands ont franchi la frontière française, j'étais à Londres, en train de négocier une Jaguar SS 100 pour un banquier suisse.

Le regard d'Honoré brilla.

– La deux litres cinq ?

– Tu rigoles, la trois litres cinq, 125 chevaux.

– Un sacrée bête, s'émerveilla Honoré. Et tu l'as ramenée en France ?

Jérémie lui répondit, narquois :

– Tu me vois prendre la route de l'exode à contresens au volant de ma Jag ? Ça aurait fait un peu désordre... Je suis resté en Angleterre. Plus rien ne m'attirait en France. Je commençais à en avoir marre de me retrouver en tête à tête avec Betty – c'était le prénom de ma légitime – à laquelle je n'avais rien à dire. Dans l'entourage de Charlie, il y avait de plus en plus de personnages que je n'appréciais guère, des malfrats qui allaient devenir les parrains du marché noir. À Londres, la majorité des Français que je fréquentais s'étaient engagés dans les *Free French* de De Gaulle. J'ai fait comme eux. Comme j'étais un peu âgé pour aller au casse-pipe, ils m'ont mis à l'intendance.

» Je suis rentré à Paris quatre plus tard, au volant d'une Jeep cette fois-ci. Mon épouse partie chez ses parents,

Charlie abattu par la Résistance. Mon appartement pillé. Plus un tableau, plus un meuble, plus une voiture.

– Mon pauvre vieux... Qu'est-ce que tu as fait ?

– Je suis reparti de zéro. Il y avait plein de business à faire, dans ce Paris de l'après-guerre. J'ai monté un garage spécialisé dans les voitures américaines avec un capitaine texan qui travaillait pour le plan Marshall. En quinze ans, mon affaire est devenue florissante. On habitait un hôtel particulier qui donnait sur le bois de Boulogne, Betty s'habillait chez Dior et mon gosse était inscrit au Racing. Mais je n'étais pas fait pour cette vie, et j'inventais de bonne raisons pour prendre la tangente le plus souvent possible. Quand Betty a demandé le divorce, je n'ai pas discuté la pension et je suis parti aux États-Unis. J'ai retrouvé mon copain le capitaine qui était devenu un homme d'affaires prospère. Il m'a mis sur un coup de mine de cuivre à la frontière mexicaine. Il fallait que j'aie un associé américain. Au bout de six mois, j'ai découvert que c'était un mafioso. J'ai commis l'erreur de le lui dire. Trois jours plus tard, mon Cessna s'est écrasé dans le désert, entre Santa Fe et Albuquerque. L'enquête a été rapide. On a conclu à un accident et on a fermé le dossier. Générique de fin.

– On a chacun eu droit à son lot de galères, murmura le vieil homme.

Le silence retomba. On n'entendait que la respiration sifflante d'Honoré. Il désigna, posée sur la table, la boîte aux photos parfumées.

– Tu n'oublieras pas ça. C'est la seule chose de valeur que je possède.

Honoré eut une quinte de toux, puis il reprit son souffle.

— Tu diras à ta copine qu'elle a oublié sa valise à roulettes.

— Elle n'a pas de tête, répondit Jérémie, agacé. Plus étourdi que cet ange, tu meurs. J'en suis la preuve !

Honoré adressa à son cousin un sourire malicieux.

— J'ai dans l'idée qu'elle va bientôt rattraper sa bavure.

— Qu'est-ce que tu veux dire ?

— Pas le droit de parler du futur ! rétorqua le vieux, narquois.

— Vous avez dû rudement jacasser, tous les deux ! commenta Jérémie. Peut-être que tu le retrouveras là-haut, ton ange... Tu lui feras la cour. Tu pourras l'emmener en croisière sur un vaisseau spatial !

Honoré eut un rire silencieux. Il regarda Jérémie avec une expression pensive.

— Je ne t'envie pas de te retaper toute une vie, surtout qu'elle est pas devenue très rigolote, la planète, avec ces filles tatouées comme des vieux marins, qui se font clouter les narines, le nombril et la langue. Essaie au moins d'éviter les conneries qu'on a déjà faites !

Jérémie leva un doigt sentencieux.

— L'expérience est une lanterne que l'on porte accrochée dans le dos...

— Et qui n'éclaire que le chemin parcouru. Merci, tu me l'as déjà placé, ton Confucius !

— C'est la seule citation que je connaisse par cœur, plaida Jérémie.

— Tu t'occuperas de mon bonsaï. Ne l'arrose pas trop. Pour mon enterrement, tu préviendras Lafargue. Les membres du club se chargeront de tout. J'aurai droit à des funérailles grandioses avec une haie de queues de billard dressées au-dessus de mon cercueil, comme des épées de saint-cyriens...

Ils gardèrent un moment le silence. Honoré avait de plus en plus de mal à trouver sa respiration.

— Dis, Alexandre, si tu rencontres Marie dans ta nouvelle vie, essaie d'être un peu gentil avec elle, cette fois-ci. Elle le mérite.

— Toi, tu es toujours amoureux ! Peut-être qu'un de ces jours, tu reviendras aussi sur Terre... Et tu la consoleras, comme d'habitude !

— Tu imagines, si je reviens à douze ans, comme toi, et que je tombe sur une femme de quatre-vingt-dix-huit ans ! Elle va être épatée de voir ces deux gamins lui faire la cour...

Ils furent saisis d'un commun fou rire.

Honoré pointa d'un doigt la radiocassette.

— Mets-moi de la musique, murmura-t-il dans un souffle. J'ai envie de voir tomber la nuit sur le rio de La Plata.

Jérémie alla enclencher le bouton.

La voix de Carlos Gardel envahit la salle d'attente.

> *Mi Buenos Aires*
> *tierra florida*
> *donde mi vida*
> *terminare.*

Honoré ne respirait plus, il venait de s'éteindre, sourire aux lèvres...

Jérémie s'essuya les yeux du revers de la main. Il prit le

coffret de Mitsouko et le bonsaï puis, au moment de sortir, se ravisa et emporta aussi la cave à cigares.

D'un puissant coup de pédales, il quitta la petite gare d'où s'élevaient les dernières notes de *Mi Buenos Aires querido*.

25

Dans le grenier désert, le bonsaï était posé sur le plancher, à côté de la cave à cigares.

D'un geste recueilli, Jérémie ferma le couvercle de la malle aux souvenirs dans laquelle il venait de ranger le coffret de Mitsouko.

Il se laissa tomber sur le rocking-chair et se balança lentement, le regard dans le vague. Dans la tête de l'enfant, défilait un siècle de vie...

Il n'entendit pas le plancher craquer.

— Tout le monde te cherche, dit Laurent.

Lorsque Jérémie se tourna vers lui, Laurent découvrit qu'il avait le visage baigné de larmes. Ému, il posa la main sur l'épaule de son grand-père de fils.

— Qu'est-ce qui t'arrive ?

— Je viens de perdre en même temps mon seul ami, mon cousin et l'homme avec qui j'ai partagé la femme de ma vie, dit Jérémie.

Il renifla un grand coup.

— Tu vois, ça fait beaucoup le même jour.

Laurent acquiesça de la tête.

– Ta sœur t'attend. Elle est avec une très jolie petite copine.

Il garda un temps de silence.

– Elle s'appelle Marie.

Le visage de Jérémie se figea. Il était devenu tendu, grave. D'une démarche de somnambule, il se dirigea vers la porte. Il fit une halte devant l'armoire à glace, tenta sans succès de discipliner sa chevelure flamboyante, remit son col en place et sortit dignement.

Laurent eut un sursaut. L'ange venait d'apparaître au milieu du grenier.

– C'est la seconde fois que vous me faites un truc d'ange !

– C'est aussi la dernière, dit-elle. Je vais remonter. Vous n'avez plus besoin de moi.

Elle lui adressa un sourire espiègle.

– J'ai un peu triché. Normalement, il ne devait rencontrer Marie que le mois prochain. Mais en regard de l'éternité, c'est si peu de chose...

Machinalement, Laurent approuva.

– Ils ne garderont aucun souvenir de leur vie de grands-parents ?

– Aucun. Ils sont redevenus des enfants comme les autres. Vous voyez que je ne fais pas que des bêtises.

Suivi de l'ange, Laurent s'était approché de l'œil-de-bœuf. Ils observaient la première rencontre de Jérémie avec celle qui allait devenir le grand amour de sa vie...

L'ange détailla la silhouette gracieuse de la petite fille, sa longue chevelure noire, ses grands yeux bleu clair.

– C'est vrai qu'elle est belle, murmura-t-elle, attendrie.

Laurent fit oui de la tête.

Redressé de toute sa petite taille, Jérémie était parti dans un éblouissant numéro de séduction.

L'ange commenta, admiratif :

— Il se la pète un max, votre grand-père !

Laurent se tourna vers elle, sidéré par ce langage si peu angélique.

Elle eut une moue d'excuse.

— J'ai passé plus d'une semaine à guetter les sorties de collège. J'ai appris le parler jeune.

Depuis la cour, Chloé cria en direction du grenier :

— Papa, on peut prendre nos vélos pour aller au défilé gay ? Marie nous a dit qu'elle nous apprendrait la samba !

Il répondit sur le même ton :

— D'accord. Faites attention sur la route.

— Promis. Et après, Jérémie nous emmènera au peyrat. Marie n'a jamais vu de carrelet !

Laurent était songeur.

— C'est étrange d'assister à la naissance d'un destin dont on connaît le déroulement...

L'ange eut un sourire amusé.

— Nous voyons ça tous les jours, de là-haut. Ça s'appelle la fatalité.

Soudain grave, elle scruta Laurent d'un regard intense. Elle tendit la main et lui caressa la joue du bout des doigts.

— Vous me manquerez, Laurent.

Il vint poser sa main par-dessus celle de l'ange, la fit glisser jusqu'à sa bouche et y déposa un long baiser sans la quitter des yeux.

Le regard de l'ange était très brillant.

– C'est hyper-cool, ce que vous venez de faire. Vous ne voulez pas me donner un petit bécot ? On dit toujours un bécot ?

– Moins, mais on a tort.

Il l'embrassa doucement sur les lèvres.

Les yeux fermés, l'ange savourait ce baiser avec volupté.

Un grondement de tonnerre la rappela à l'ordre. À regret, elle écarta son visage de celui de Laurent.

– C'est bon, murmura-t-elle. J'avais oublié...

– Je croyais que les anges n'avaient pas de sentiments, dit-il d'une voix un peu rauque.

Elle sourit.

– Vous savez bien que je suis un ange stagiaire !

Elle poussa un soupir.

– Il faut que je file. Je leur ai promis d'être là pour le défilé.

Et l'ange disparut.

Précédé du break de la gendarmerie, le cortège s'étirait le long du mail.

Comme il était de tradition à chaque mariage gay, les manifestants ouvraient la marche. Cette fois-ci, au côté des pourfendeurs du nucléaire, flottait la bannière des syndicats d'enseignants unis pour exiger le remplacement du vieux prof d'occitan.

« Éducateurs, parents, tous ensemble ! Ne laissons pas le gouvernement prendre nos enfants en otages. »

En tête de la manif, Isabelle, le visage passionné, scandait les slogans repris en chœur par ses collègues.

Dans l'habituelle sarabande de tambours et de sifflets, suivait la parade qui accompagnait chaque mariage homo.

Juché sur le camion de l'orchestre, l'ange aux ailes de carton envoyait des fleurs aux badauds.

Du haut de son estrade de bois, elle aperçut le trio Jérémie, Chloé et Marie qui s'était mêlé aux danseurs.

Marie initiait les deux enfants à la samba. Le regard de Jérémie vint se poser sur l'ange.

— Tu as vu la fille habillée en ange qui jette des fleurs ?

251

– Tu crois que c'est un garçon ? demanda Chloé.

Ils pouffèrent de rire tous les trois.

L'ange sourit. Ils ne l'avaient pas reconnue. Leur mémoire était vraiment effacée.

Un double coup de tonnerre vint confirmer la fin de sa mission.

– Oui, oui... J'arrive, dit-elle en lançant sa dernière volée de roses.

La tête levée vers le ciel, le gendarme Campanella regardait l'ange s'envoler.

Il lissa sa moustache d'un index songeur.

– Ça, Astrid ne savait pas le faire...

DU MÊME AUTEUR

Aux Éditions Albin Michel

WHISQUIERDA, roman, 1973.

UN JARDIN EN ENFER, roman, 2001.

LE PRÉSIDENT DU MARIGOT, roman, 2004.

Composition IGS-CP
Impression Bussière, mai 2006
Éditions Albin Michel
22, rue Huyghens, 75014 Paris
www.albin-michel.fr
ISBN : 2-226-17324-2
N° d'édition : 24362 – N° d'impression : 061881/4
Dépôt légal : juin 2006
Imprimé en France.